CW00666327

PENSÉES, PROVOCS ET AUTRES VOLUTES

SERGE GAINSBOURG

Pensées, provocs et autres volutes

<small>Ouvrage réalisé par Gilles Verlant</small>

LE CHERCHE MIDI

ISBN : 978-2-253-11941-8 – 1re publication LGF

Que vaut-il mieux ? Être ou ne pas naître ?

*

J'ai grandi sous une bonne étoile. Jaune.

*

Je pense queue
J'adore
Les cadors
Les p'tites chiennes
En calor
Je pense queue

*

Le nez, la queue, c'est exactement la même chose.
On dit : « Ne fourrez pas votre nez dans mes
affaires. » En fait, ça veut dire : « Ne m'enculez pas. »

*

J'ai un Mickey Maousse
Un gourdin dans sa housse

Et quand tu le secousses
Il mousse

*

J'ai deux points communs avec Mickey Mouse :
de grandes oreilles et une longue queue.

*

L'ami Caouette
Me fait la tête
Qu'a Caouette ?
Mam'zelle Gibi
M'traite d'abruti
Qu'a Gibi ?
L'ami Outchou
M'jette des cailloux
Qu'a Outchou ?
Mam'zelle Binet
S'est débinée
Oh ! Qu'a Binet ?

*

Je me suis fait faire trois millions de Joconde
Sur papier cul
Et chaque matin j'emmerde
Son sourire ambigu

*

Le snobisme, c'est une bulle de champagne qui hésite entre le rot et le pet.

*

Une lolita, c'est une fleur qui vient d'éclore et qui prend conscience de son parfum et de ses piquants.

*

La chance est un oiseau de proie survolant un aveugle aux yeux bandés.

*

Qui a coulé le *Titanic*? Iceberg – encore un Juif!

*

Juif, ce n'est pas une religion.
Aucune religion ne fait pousser un nez comme ça.

*

La queue c'est féminin, le con masculin.
Question de genre.

*

> **La connerie, c'est la décontraction de l'intelligence.**

J'ai retourné ma veste quand je me suis aperçu qu'elle était doublée de vison.

*

Je trouve qu'il est plus acceptable de faire du rock sans prétention que de faire de la mauvaise chanson à prétention littéraire. Ça c'est vraiment pénible.

*

Le succès et la gloire ne nous griseront jamais que les tempes.

*

Pourquoi un pyjama
À rayures, à fleurs ou à pois ?
Pourquoi un pyjama
En coton, en fil ou en soie ?
Moi je n'en mets jamais
Non jamais je n'en mets
Jamais je n'ai mis de ma
Vie un pyjama

*

J'aime la nuit, j'ai les idées plus claires dans le noir.

*

La nuit, tous les chagrins se grisent.

*

J'adore faire chanter les actrices, je n'aime pas les petites gamines du show-biz, que je trouve souvent crades et vulgaires. Je sais bien que je pourrais prendre plus de blé sur une fille qui est dans les hit-parades que sur une actrice, mais je préfère avoir ce côté Pygmalion. Et puis les actrices sont belles et les séances sont superbes, quand elles chantent et se déhanchent...

*

Adjani dit de moi que je suis en studio un «feeling director». Elle a raison !

*

J'aimerais que ce télégramme
Soit le plus beau télégramme
De tous les télégrammes
Que tu recevras jamais

Et qu'ouvrant mon télégramme
Et lisant ce télégramme
À la fin du télégramme
Tu te mettes à pleurer
En disant
Oh le joli télégramme

*

Je ne puis vous donner la recette d'une bonne chanson. Mais je peux toujours vous donner celle du *Mint Julep* : menthe pilée, sucre et bourbon.

*

« Le cocktail désespoir » de Cocteau… « Remplir à moitié le shaker de glace et d'eau de Cologne, mettre 2 gouttes d'alcool de menthe de Ricqlès, un doigt de shampooing, secouer, servir mousseux avec des pailles dans un verre à dents. » J'ai jamais essayé, faut pas déconner…

*

Du champ', du brut, des vamps, des putes.

*

Quand je veux travailler, je vais à l'étranger pour me déconnecter. Je n'ai plus les lieux communs que l'on trouve dans les journaux d'information ni dans le phrasé des hommes de télévision. Je n'ai plus de téléphone. C'est comme un lavage de cerveau.

*

Ce qui est dur après ces périodes d'éthylisme effréné, frénétique, c'est de garder sa lucidité parce qu'on s'aperçoit qu'on est cerné par des cons, on voit la réalité telle qu'elle est. Dans l'alcoolisme tout était glauque, c'est pour ça que je ne fais plus les boîtes de nuit à jeun, ça serait impensable.

Avec l'alcool, […] j'étais un petit rigolo comme les autres. Et c'est ce que je pratique toujours actuellement. Je bois parce que je suis un sauvage. Je suis difficile d'accès et trop… trop glacé. Pas drôle, quoi.

*

Quand j'ai le delirium, je deviens très mince.

*

J'ai pas d'paroles
Gainsbourg s'est fait la paire
Faut s'le faire
Quand il boit
Mais ma parole
Ça commence à bien faire
Dans un verre
Il se noie

*

Je compte mes amis sur les doigts de la main gauche de Django Reinhardt.

*

Suspends un violon un jambon à ta porte
Et tu verras rappliquer les copains

*

14

J'ai essayé l'amitié et c'est encore plus difficile que l'amour. J'ai toujours été déçu dans mes amitiés. Alors ça donne quoi, ça donne un gars solitaire.

*

J'ai très peu de copains. Quand j'avais quinze ans, je voyais des gens de trente ans, quand j'avais trente ans, des gens de cinquante, alors maintenant que j'en ai cinquante…

*

Un amour peut en cacher un autre.

*

L'amitié est plus rare que l'amour et nécessite une intégrité absolue.

*

L'amour est un échange
De mauvais procédés
Et les femmes se vengent
De nous avoir aimés
Pour qui se fait esclave
Ainsi de ses passions
Les paradis se pavent
De noires intentions

*

Jamais je ne me suis aussi bien entendu qu'avec personne.

J'ai des contacts difficiles. Ça vient de moi. Parce que je n'ai besoin de rien et que je ne peux rien apporter. Je suis une éponge qui ne rejette pas son eau. Je le sais. Alors j'estime que ce n'est pas la peine de gruger les autres. Ils attendraient quelque chose de moi et ils n'auraient rien : c'est une déficience affective. Je ne suis pas égocentrique, car je ne peux pas me voir en peinture.

*

Je ne veux pas qu'on m'aime mais je veux quand même.

*

Je ne suis pas de ce monde. Je ne suis d'aucun monde.

*

J'adore cette phrase de Schopenhauer qui m'a frappé alors que j'étais encore un adolescent imbécile : « Seules les bêtes à sang froid ont du venin ». Je serais donc plutôt du type réfrigérant… enfin, je veux dire réfrigéré.

*

Con c'est con ces conséquences
C'est con qu'on se quitte
Faut se rendre à l'évidence

Ce soir on est quitte
Histoire d'Que de Qu'on de Q

*

Les plus belles phrases d'amour que j'ai entendues
venaient de la bouche d'un homme. Jamais je n'ai
entendu d'aussi belles choses sur moi. L'amour pla-
tonique avec un homme, c'est superbe, c'est ce qu'il y
a de plus beau. Mais ici l'amitié est encore plus difficile car il n'y a pas de plaisir à l'arrivée. Il faut que
l'autre soit d'une intégrité absolue, ce que je ne
demande jamais en amour. C'est sans doute la raison
pour laquelle, en définitive, je n'ai pas d'ami. Car si
l'amour entre un homme et une femme est tragique,
entre hommes c'est malheur puissance trois !

*

L'amitié est imbaisable et c'est là que je me fais baiser.

*

Je te veux confiante, je te sens captive
Je te veux docile, je te sens craintive
Je t'en prie ne sois pas farouche
Quand me vient l'eau à la bouche

Laisse-toi au gré du courant
Porter dans le lit du torrent
Et dans le mien
Si tu veux bien

18

Quittons la rive
Partons à la dérive

*

Une femme nue pour moi ne représente rien, strictement rien. Une femme nue sur une plage, c'est un
animal. Et l'état animal me désespère, je veux m'en
éloigner.

*

Dans un boudoir introduisez un cœur bien tendre
Sur canapé laissez s'asseoir et se détendre
Versez une larme de porto
Et puis mettez-vous au piano
Jouez Chopin
Avec dédain
Égrenez vos accords
Et s'il s'endort
Alors là, jetez-le dehors

*

Telle autre quand elle se couche
Est avide de sensations
Vous riez jaune, la fine mouche
Compte les autres au plafond

*

Toutes les femmes sont à prendre

Enfin

Y'en a qui peuvent attendre

Les filles n'ont aucun dégoût
Pour l'amour, celui des sous
Elles se vautrent dans la boue

*

Mes illusions donnent sur la cour
J'ai mis une croix sur mes amours
Les p'tites pépées pour les toucher
Faut d'abord les allonger

*

Caresses et coups de poing dans la gueule sont les
pleins et les déliés de l'amour.

*

On n'écrit pas l'amour avec un stylo à bille. On écrit
l'amour avec une plume Sergent-Major.

*

La révolution, j'appelle ça bleu de chauffe et rouge
de honte.

*

Mai 1968 ? Eh bien j'étais au Hilton, dans une suite
et j'entendais les « bang, bang, bang » des gamins.
Dans ma tête, je me disais c'est foutu puisqu'ils ne
sont pas armés, il ne peut pas y avoir de révolution

s'il n'y a des armes que d'un côté. Alors je suis resté au Hilton et j'ai attendu que ça se passe. Je suivais ça sur le tube cathodique, avec l'air conditionné… Si c'est pas du cynisme, ça !

*

Nous vivons une époque scientifique qui me laisse complètement indifférent, ainsi, d'ailleurs, que la politique ou la revendication sociale.

*

La politique a ses impératifs et ses imperators.

*

L'amour sans philosopher
C'est comm' le café
Très vite passé
Mais que veux-tu que j'y fasse
On en a marr' de café
Et c'est terminé
Pour tout oublier
On attend que ça se tasse

*

Des British aux niakouées jusqu'aux filles de Perse
J'ai tiré les plus belles filles de la terre
Hélas, l'amour est délétère
Comme l'éther et les poppers.

22

*

La fidélité ? Disons que j'ai eu des périodes de monogamie et des périodes de polygamie.

*

J'aime et je déteste les femmes. Je les déteste d'être impalpables, inconséquentes, obtuses, primitives, animales.

*

Les femmes ? Une façon élégante de ne pas sombrer dans la pédérastie.

*

J'étais profondément misogyne. Je le demeure, pour toutes les femmes, sauf une. Avant, je désirais des fiascos sentimentaux parce que j'étais polygame et que je ne voulais pas me fixer. Les cheveux gris m'ont fait jeter l'ancre.

*

Les femmes, au fond et au fion, adorent les misogynes.

*

J'étais déjà misogyne, je deviens misanthrope, alors vous voyez il reste pas grand-chose.

Qu'est-ce que la misogynie ? C'est voir les choses comme elles sont.

*

La femme n'est pas un partenaire, mais un adversaire.

*

Journaliste : Quelle qualité demandez-vous à une femme ?
Gainsbourg : L'assiduité.
Journaliste : Et le défaut que vous lui pardonnez le moins ?
Gainsbourg : La frigidité !

*

L'égalité des femmes n'existe pas. Elles sont des lapins à qui on aurait mis des patins à roulettes. Les patins roulent mais elles restent toujours des lapins.

*

Moi j'avais mes plans à trente, trente-cinq balais : je pouvais m'enfiler cinq gonzesses à la suite mais en décidant de ne pas envoyer la sauce. On a des balls, des pamplemousses quoi, et le corps ne peut pas régénérer le foutre comme ça. On n'est pas des kalachnikovs ! On est bazooka, voilà. Pan ! Donc être self-control, c'est ça mon plan. Et comme j'étais un tombeur frénétique, à la Cité internationale des arts, c'est-à-dire en 1967, j'ai connu des filles qui en étaient à coucher devant ma porte pour se faire tirer. Je disais : « next ! » et je ravalais ma salive… Et puis je me disais enfin : « Dans celle-là, j'envoie la purée. »

*

L'amour ne vaudra jamais mieux que le court temps que l'on passera à le faire.

*

Si j'avais été plus joli garçon je serais mort d'épuisement à l'heure qu'il est.

*

Promenons-nous dans le moi
Pendant que le vous n'y est pas
Car si le vous y était
Sûr'ment qu'il nous mangerait

*

On me dit : « Pourquoi vos murs sont-ils tendus de tissu noir ? » Je réponds que dans les hôpitaux psychiatriques, les murs sont blancs.

*

Journaliste : Jane correspond-t-elle exactement à votre type de femme ?

Gainsbourg : Je n'ai pas de type précis. Je suis éclectique en la matière et j'ai connu des femmes très différentes. Jane correspond plutôt à un idéal pictural. Quand j'étais peintre, je ne peignais que des femmes un peu androgynes, menues, avec peu de poitrine. Tous mes tableaux ressemblaient à Jane. Je l'ai peinte avant de la connaître.

*

Quand Jane a été au zénith de sa gloire, moi j'ai commencé à craquer, c'était très dur. C'était presque «monsieur Birkin», je n'aimais pas ça. Je sentais que ça speedait pour elle alors que moi je faisais des trucs de grande classe, mais qui n'étaient pas encore des albums d'or et de platine. Il y avait une distorsion qui me mettait mal à l'aise, je voulais la rejoindre dans le stress de la célébrité.

*

Journaliste : Jane Birkin, pour vous, est-ce que ç'est la femme idéale ?

Gainsbourg : Actuellement, oui.

Journaliste : Actuellement est de trop.

Gainsbourg : Ah je regrette, je ne suis pas une pythonisse.

*

Chut ! L'amour est un cristal qui se brise en silence.

*

Un poison violent, c'est ça l'amour. Un truc à pas dépasser la dose ! C'est comme en bagnole :

Au compteur   180
À la borne   190
Effusion   200

*

Quand tout va mal il faut chanter l'amour, le bel amour. Et quand tout va bien, chantons les ruptures et les atrocités.

*

C'est l'amour année zéro
Effacer de ta mémoire
Tous les numéros
Téléphones, adresses, histoires
Remettre à zéro
Le compteur que par malheur
Chacun a au cœur

*

28

**Amour hélas ne prend qu'un M
Faute de frappe c'est haine pour aime**

Lorsque sur moi il pleut des coups
De poing ou d'ta canne en bambou
Que l'rimmel coule le long d'mes joues
Que j'm'évanouis que j'suis à bout
Je m'dis qu'les bleus sont les bijoux
Les plus précieux et les plus fous
Et qu'si un soir on est sans l'sou
J'pourrai toujours les mettre au clou

*

Je suis incapable de faire une chanson optimiste, heureuse, une chanson d'amour. Je ne trouve pas les mots, je n'ai rien à dire du bonheur, je ne sais pas ce que c'est. Il ne s'exprime pas. C'est comme si vous braquiez l'objectif de votre appareil photographique sur un ciel parfaitement bleu. Il n'y aurait rien sur la pellicule. Alors que si vous photographiez un ciel d'orage, avec de beaux nuages noirs et gris, ce sera superbe.

*

Sous aucun prétex-
Te je ne veux
Avoir de réflex-
E malheureux
Il faut que tu m'ex-
Pliques un peu mieux
Comment te dire adieu

*

Hey Johny Jane
Toi qui traînes tes baskets et tes yeux candides
Dans les no man's land et les lieux sordides
Hey Johny Jane
Écrase d'un poing rageur ton œil humide
Le temps ronge l'amour comme l'acide

*

Je pratique la politique de la femme brûlée
Je brûle toutes celles que j'ai adorées

*

Combien j'ai connu d'inconnues
Toutes de rose dévêtues ?

*

Une fille qui n'existe que pour un seul homme perd
sa brillance comme les perles non portées. Une fille
indisponible est morte pour les autres. La femme se
doit d'être une garce !

*

La femme des uns
Sous l'corps des autres
A des soupirs
De volupté

*

Je fume, je bois, je baise. Triangle équilatéral.

*

Je ne suis pas un libertin. J'ai pratiqué le libertinage, j'ai fait beaucoup de sottises, mais cela me désespérait. En réalité, j'ai gardé un idéal sur mes idées de l'amour. Je suis intact. Je pense que je suis intact. Si j'avais vraiment été un libertin, eh bien je n'aurais pas été désespéré après chaque séance.

*

L'amour est aveugle et sa canne est rose.

*

Un homme démaquillé est ambigu, alors qu'une femme maquillée est confuse.

*

Pour gober leurs bobards dans les alcôves
La foi qui sauve
Ça suffit pas
Encore faut-il un estomac solide
Quand le cœur vide

Qui promène son chien est au bout de la laisse.

On broie du noir
Ouvr' la bouche, ferm' les yeux
Tu verras, ça gliss'ra mieux

*

Je ne sais pas ce qu'il faut faire mais je sais ce qu'il
ne faut pas faire.

*

Nous nous sommes dit tu
Nous nous sommes dit tout
Nous nous sommes dit vous
Puis nous nous sommes tus

*

Eh ouais c'est moi Gainsbarre
On me trouve au hasard
Des night-clubs et des bars
Américains c'est bonnard

*

Gainsbarre : Tu joues au con tu joues avec les mots
Gainsbourg : Tu as tout faux, je joue avec mes maux

*

Pourquoi aller faire Gainsbarre à la télé, au lieu de
Gainsbourg, hein, c'est ça ? Selon mes humeurs,

parce que je suis impulsif, pas agressif. Et si je pratique la surenchère, c'est parce que je n'ai plus de temps à perdre.

*

Je prends les chemins vicinaux. Je n'irais jamais sur les routes nationales. On n'y rencontre que des platanes.

*

Étant enfant, je m'identifiais à mon jeu de Meccano, je pouvais me détruire et me construire à mon gré. J'avais la clé (anglaise, une prémonition) et les boulons en main.

*

J'ai changé de nom. Lucien commençait à me gonfler, je voyais partout «Chez Lucien, coiffeur pour hommes», «Lucien, coiffeur pour dames». Je voulais m'appeler Julien à cause de Julien Sorel, le héros de Stendhal. Après je suis tombé sur Lucien Leuwen, autre héros du même. Ça m'a réconcilié un moment avec mon vrai prénom, mais j'ai finalement choisi Serge. Sur le moment, Serge m'a paru bien, ça sonnait russe. Par nostalgie de la Russie que je n'ai jamais connue. Quant au «a» et au «o» rajoutés à Ginsburg, c'est en souvenir de ces profs de lycée qui écorchaient mon nom…

*

Les sources, je ne connais pas. Je n'ai pas de racines, je suis un pauvre garçon déraciné.

*

En fait, n'appartenant à personne, je suis de partout.

*

Mes racines, c'est le microclimat tabagique et merdique de mon 7e arrondissement.

*

— Hello Docteur Jekyll !
— Il n'y a plus de Docteur Jekyll
— Hello Docteur Jekyll !
— Mon nom est Hyde, Mister Hyde

Docteur Jekyll un jour a compris
Que c'est ce Monsieur Hyde qu'on aimait en lui
Mister Hyde ce salaud
A fait la peau du Docteur Jekyll

*

Mes chansons, c'est mon métier c'est mon uniforme, mais dans le civil, je suis moi-même, je suis autre chose. Autre chose d'un peu plus facile.

*

Ma vie privée, elle est dans mon bunker. Qui connaît ma vie privée ? Même ma maman ne la connaît pas. Maman connaît de moi le gentil garçon que j'étais en 1932-1934, à l'âge où se dessine le caractère. Elle sait qu'il n'y a rien de mauvais en moi. Mais ce qu'elle ignore, c'est ce qui se passe dans mes alcôves. Sinon, je n'ai pas changé. Je pense que j'ai l'âme d'un adolescent. C'est cette faiblesse qui fait ma force.

*

À dire vrai
Je suis un faussaire de compagnie
Un preneur de large
Un joueur de courant d'air
Un repris de justesse
Un éternel évadé
Un repris de justesse
Un éternel évadé
Un faiseur de trous
Et un casseur de verrous
Un sauteur de murs
Et un forceur de serrures

*

Je suis petit voleur, grand faussaire, flambeur, vitriolé, dépressif, pessimiste forcené, fier, tricard, indélébile, maladroit, addict et violent.

*

Première jeunesse, j'étais mignon comme tout et puis après il m'est poussé ces oreilles et ce nez. Encore que maintenant avec les cheveux longs c'est plus marrant, parce qu'avant c'était plus chic d'avoir les cheveux plus courts et… les oreilles sortaient beaucoup plus. Et puis je me suis buriné, je m'arrange… Je crois que les hommes s'arrangent en vieillissant. Les femmes se démolissent et les hommes s'arrangent, c'est assez injuste, mais c'est comme ça.

*

La beauté est la seule vengeance des femmes.

*

Les visages difficiles comme le mien se burinent et, arrivés à la quarantaine, deviennent intéressants.

*

L'aphorisme de Lichtenberg est pas mal: «La laideur a ceci de supérieur à la beauté c'est qu'elle dure.» Parce qu'un beau garçon ça devient un vieux beau, moi j'ai pris une gueule, ravagée par les abus et par la vie.

Michel Simon, il avait une gueule… moi j'ai une sale gueule.

*

Il y a eu de l'orage dans l'air, maintenant, il y a simplement de l'horreur dans l'âge.

Ma mère était belle, mon père aussi, je ne vois donc pas d'où peut venir ma laideur… Peut-être de mon chien…

*

J'avais vraiment une sale gueule. À quarante ans, ça a commencé à s'arranger. À cinquante, c'est bon. Quand on n'a pas ce qu'on aime, il faut aimer ce qu'on a.

*

Enfin faut faire avec c'qu'on a
Not' sale gueule nous on n'y peut rien
D'ailleurs nous les affreux
J'suis sûr que Dieu nous accorde
Un peu de sa miséricorde
Car
La beauté cachée
Des laids des laids
Se voit sans
Délai délai

*

Physiquement, je suis pudique quand même, c'est intellectuellement que je ne le suis pas.

*

On se réfère à la beauté grecque. Mais il y a aussi la

beauté de l'âme et, de ce côté-là, je ne suis sûrement pas trop moche.

*

Quand certains jours pour moi ça rigole pas des [masses
Devant ma glace
Je me fais des grimaces

*

On m'a reproché ma sale gueule jusqu'à l'arrivée des rockers anglais. Les Rolling Stones sortent leur premier album : sur la pochette, ils tirent des tronches impossibles, plutôt ingrates… Là, je n'avais plus une sale gueule, mais une gueule, ce qui devenait un avantage. Aujourd'hui elle est ravagée, par les abus et par la vie.

*

J'étais un séducteur frénétique [...] : les filles faisaient la queue, si j'ose dire. C'est tout juste si elles ne se couchaient pas sur le pas de la porte en attendant leur tour.

*

Je prétends qu'il n'y a que les grands séducteurs qui se font jeter par les femmes.

*

Je séduis par insinuation. Par un charme insidieux : long et… faux-jeton.

*

J'aime les filles d'apparence très dure, très sophistiquée et très froide. Je sais par expérience qu'une fille d'apparence sensuelle est toujours une mauvaise affaire. Je suis toujours esseulé. J'ai parfois des crises de frénésie, à la recherche d'une femme. Je compense par l'esthétisme, l'érotisme et même le fétichisme.

*

Il n'y a pas de recette pour faire du sulfureux. Il faut une ration de soufre et une pincée de souffre-douleur. Mais, même sulfureux, mon univers reste pudique.

*

Le dandysme est un comportement au bord du suicide. C'est le choix d'une attitude, un jeu constant pour échapper à la réalité.

*

Je suis un puriste, comme Des Esseintes de Huysmans. Je reçois la beauté des objets, inconsciemment. Rue de Verneuil, dans mon musée, je leur ai donné à chacun une âme. Le plus précieux, c'est moi : parce que destructible.

*

Dans le trio Tarzan, Jane et Cheetah, je m'identifie à Cheetah… dont on ne connaît pas le sexe !

*

Journaliste : Vous aimez-vous ?
Gainsbourg : Non, je n'aime pas mettre dans ma bouche ce que je viens de sortir de mon nez.

*

Je ne me lave que les extrémités. J'ai la peau sèche. De toute façon, il n'y a que les gens sales qui se lavent.

*

Gainsbourg : Ça fait trente ans que je prends des barbituriques pour dormir. Sans cela, je rêve, je gamberge, je me raconte des histoires.
Journaliste : Qui deviennent des films, des chansons ?
Gainsbourg : Pas du tout, c'est l'évasion, la fantaisie, l'imaginaire pur. Les chansons, je n'y pense jamais, sauf quinze jours avant l'échéance.

*

Journaliste : Quelle est votre journée type ?

Gainsbourg : Sur dix-sept heures, il y a quatre heures perdues dans la rêverie, je traîne, je ne fais rien, je regarde le jour tomber. Deux heures perdues au téléphone. Après, quand le soleil décline, commence l'absorption de boissons plus ou moins alcoolisées, puis le dîner. Entre-temps il y aura eu deux ou trois heures de travail, selon mes humeurs.

*

Je dirais que j'emploie la technique du peintre japonais, qui fixe une fleur pendant trois mois et qui la dessine en trois secondes. C'est dû à un acquis de technique. Je travaille très vite… Ce n'est pas bâclé. Tout ça se structure dans mon subconscient et c'est craché à la dernière limite, dans l'angoisse des séances d'enregistrement.

*

Journaliste : Qu'est-ce que vous faites dans la vie quotidienne ?

Gainsbourg : Je laisse le temps passer. J'ai ce privilège de pouvoir ne rien faire. Je bois un peu, je fume beaucoup. Je crois que j'aime de plus en plus le silence et de moins en moins la musique. Le silence a sa musique propre : les aboiements de chien, les voitures qui passent, les cliquetis d'objets, les frottements de tissus…

*

Je ne peux travailler que dans le stress, sinon j'écoute le silence et je sombre. Alors je vais aussi loin que possible, au-delà des limites de l'épuisement.

*

Avec Machine
Et moi Machin
On s'dit des choses
Des machins
Oh pas grand-chose
Des trucs, comme ça

*

Il n'y a pas d'obligations étant donné que j'ai une profession libérale. Quelqu'un va au bureau, à huit heures il est libre, moi à huit heures je ne suis pas libre, je suis libre toute la journée ce qui fait que je ne suis jamais libre. À deux heures du matin ou à quatre heures quand je ferme les yeux, je suis obsédé par les airs qui viennent me hanter. Ça c'est moche, faut essayer de ne pas se laisser avoir. C'est monstrueux ce métier !

Raccrochez, c'est une horreur !

Je pianote un petit machin, je vais en Yougoslavie, on me le ressort en yougoslave à la radio. Je pianote un autre truc, *La Javanaise*, je regarde un reportage en direct sur la première traversée du *France* et j'entends: «J'avoue j'en ai bavé pas vous…»; c'est Juliette Gréco à l'inauguration du *France*! Et moi je suis devant mon piano, ça me revient comme un boomerang! Ce côté-là, ce côté démentiel a tendance à bouffer l'être humain, si celui-ci n'a pas la tête sur les épaules.

*

Je sens des boum et des bang
Agiter mon cœur blessé
L'amour comme un boomerang
Me revient des jours passés

*

Peut-être est-ce ma laideur physique qui m'a fait rechercher d'une manière aussi effrénée l'esthétique, l'esthétisme et l'agencement des objets dans l'espace. Une maladie mentale que je cultive avec soin.

*

J'ai des doutes j'ai les affres
Hmm hmm hmm
Les affreux de la création

*

Pensez-vous que je sois mythomane, voire présomp-
tueux ? Non, je suis conscient de pouvoir me juger.
[...] J'ai du succès, mais pas en tant qu'auteur, chanteur, acteur. Uniquement parce que je suis un personnage. Celui qui me voit une fois ne m'oublie pas.
C'est drôle : je suis tellement laid. Tout le mérite, je le
dois à cette vilaine gueule que je déteste.

*

Moi, avec ma gueule, au cinéma, je joue les traîtres,
les salauds. Déplaire ne me déplaît pas.

*

Je donnerais volontiers dix ans de ma vie pour avoir
la tête de Robert Taylor.

*

De toute façon, on est toujours des bleus. On est des
bleus à la maternelle, à l'armée, dans le lit des putes.
Aussi j'étais un bleu, un petit morbleu à l'école com-
munale de la rue Blanche. Au lycée j'ai remis ça [...]
Eh bien je serai de la bleusaille quand je serai crevé
parce qu'ils vont me dire : « Ah t'arrives, toi, t'es un
bleu, et nous, on est blanchis ! »

*

Je ne suis pas un cynique comme d'aucuns le prétendent, non je suis un romantique, je l'ai toujours été.

Tout jeune garçon, j'étais timide et romantique. Je ne suis devenu cynique qu'au contact de mes prochains qui m'agressaient sur ma laideur et sur ma franchise. On dit que je suis laid, bon d'accord, je le sais, je m'en fous, ça m'a réussi. J'ai eu des jolies femmes dans ma vie et j'ai la plus belle actuellement, donc ma laideur, ceux que ça gêne, peu importe…

*

Parce que romantique
Ou peut-être trop cynique
Parce que trop lucide
Dans mon cœur j'ai fait le vide

*

Gainsbourg: Je suis cynique. Le cynisme, c'est la franchise de dire des choses désagréables. [...]
Journaliste: Y a-t-il des chanteurs français que vous appréciez?
Gainsbourg: Non, ils pleurent tous, ils manquent de virilité, ils veulent donner à la midinette l'impression qu'elle pourrait les consoler. Moi, j'envoie paître la midinette.

*

J'ai eu une crise cardiaque, ce qui
prouve que j'ai un cœur.

Quand les gens venaient me voir chanter, ils disaient que je n'avais pas de tenue scénique. Maintenant j'ai une tenue cynique et on dit que je suis prétentieux. Il faudrait savoir !

*

Journaliste : Des jeunes chanteurs reprennent de plus en plus souvent vos chansons…
Gainsbourg : Moi j'aime bien les covers. Ça fait du bonus. En fait j'étais un maquereau, maintenant je deviens un gigolo. Ben oui : je les envoyais toutes au tapin et je touchais le blé. C'était le panard. Intégral !

*

Il y a deux sortes d'hommes : les gigolos et les souteneurs.
Il y a deux sortes de femmes : les putains et les putains.

*

Je suis plus honnête que tous ces chanteurs souriants qui prétendent adorer leur métier, leur public. Tout le monde il est beau, le ciel est bleu… Ce sont eux qui se foutent du monde ? Ce sont eux, les cyniques ? Ou alors ils sont un peu débiles ? Circonstance atténuante !

*

Je suis un garçon extrêmement décent. En fait, je suis indécent par ma décence…

*

La timidité ? Le stade suprême veut que l'on soit timide avec soi-même, et que l'on n'ose pas s'approcher. On ne fait que se moumoyer, on n'arrive pas à se tutoyer. Quant à se vouvoyer, ce serait l'aristocratie de la timidité. Je ne dis pas cela gratuitement : si je me croise à poil devant une glace, je me cache le sexe… En fait, la timidité est un excès de narcissisme. Cela dit, je ne pratique pas le narcissisme, mais quelque chose de beaucoup plus vicieux : l'onanisme par personne interposée.

*

Il faut différencier la timidité de la réserve. Je suis très réservé ? Ça vient de ce que j'ai toujours été seul et que je n'ai jamais admis que l'on s'immisce dans mes pensées secrètes.

*

Je suis plutôt un aquoiboniste qu'un nihiliste, ce qui est plus nuancé. Parce qu'au bout du nihilisme il y a un revolver.

*

C'est un aquoiboniste
Un faiseur de plaisantriste
Qui dit toujours à quoi bon
À quoi bon
Un aquoiboniste
Qui me dit le regard triste
Toi je t'aime, les autres sont
Tous des cons

*

Ce sont les flash-backs qui nous heurtent, le *never more* d'Edgar Poe, les «jamais plus» de l'enfance évanouie, des amitiés déçues et des amours fugaces. En fait tout s'est passé comme en un rêve, un comme si, comme si tout avait été écrit à l'avance et à mon insu, au fusain pour les temps maussades, sanguine pour les turbulences, encre de Chine rehaussée de sépia au lavis, plume Sergent-Major, pleins et déliés, caresses et passages à tabac.

*

Je ne vois pas la vie en arrêt sur image, je vois la vie en travelling avant, sinon je me flingue, j'ai eu des malheurs dans ma vie alors il faut que j'avance, toujours le travelling avant, sinon c'est foutu.

*

Journaliste: Vous n'avez jamais été psychanalysé?
Gainsbourg: Je n'y tiens pas du tout. Je n'admettrais

53

pas qu'un de mes semblables s'immisce dans le tréfonds de mes pensées ; je trouve cela inconcevable. Aucun artiste n'en a besoin : a priori c'est dans leur œuvre qu'ils projettent leurs malformations.

*

Un artiste ? C'est un gentleman de l'inutile. Pas dégueu… Ou alors «le prince de l'inutile». Classieux, non ?

*

Y'a des jours je sais pas c'que j'donnerais pour me chier tout entier !

*

J'ai mis au propre
Mes idées sales
Au propre et puis
Au figuré
Mon écriture horizontale
Avec tes plaintes
Et mes déliés

*

La vie est belle, qu'est-ce que tu veux, je suis fou quelque part. Je vais crever, je pense, sans blé, sans un rond, mais peu importe. Je ne veux pas donner à Charlotte et à Lulu un handicap de milliardaire, voilà.

54

*

J'utilise les médias, j'ai besoin du triangle équilatéral presse-radio-télé. Sinon, je n'existe pas.

*

Ma vie est jalonnée de désintégrations, d'échecs… Si j'ai du succès maintenant c'est qu'au royaume des aveugles, le borgne est roi – le royaume, c'est la variété. J'ai trente-neuf ans, j'aime la froideur. Quand j'étais jeune et imbécile je croyais en Schopenhauer : « Seules les bêtes à sang froid ont du venin »…

*

C'est une défense de mettre un masque. Moi je crois que j'ai mis un masque et que je le porte depuis vingt ans, je n'arrive plus à le retirer, il me colle à la peau. Devant il y a toute la mascarade de la vie et derrière, il y a un nègre : c'est moi.

*

Je n'ai aucune prétention à être moi-même.

*

Je me noie dans mon miroir parce que je ne sais pas nager. Ce sont des eaux troubles et dangereuses ; des marécages. Pour certains ce sont les reflets du ciel et pour moi ce sont des miasmes.

*

J'ai un regard perçant qui peut aller jusqu'au fond de l'âme.

*

Peut-être, aux yeux de certains atteints de cécité mentale, n'aurai-je jamais fait, dans ma vie, qu'un autoportrait de moi-même avec toutes les implications turbulentielles de Francis Bacon.
Quant aux blaireaux, un peu moins initiés dans cette discipline majeure, qu'ils s'en réfèrent à ceux de Raphaël Stanzio. Onanisme par personne non interposée.

*

Francis Bacon c'est le plus grand de la peinture contemporaine. Bacon, c'est la dégradation de l'âme, le no man's land entre le Bien et le mâle. Bacon ce sont des éjaculations de sublime, crachées comme du foutre. Superbe... Des visions d'abjection, d'interférences homosexuelles. [...] Ses papes hurleurs sont effroyables. Il a frappé juste parce que la religion, comme en définitive tout ce qui est judéo-chrétien, c'est très facho...

*

D'un tableau de Francis Bacon
Je suis sorti

Faire l'amour avec un autre homme
Qui me dit
Kiss me Hardy

*

«Kiss me Hardy» est une phrase qu'a prononcée
l'amiral Nelson à la bataille de Trafalgar. Il a reçu un
boulet en pleine poitrine et alors qu'il agonisait on lui
a annoncé qu'il avait gagné la bataille; il avait coulé
je crois cent vingt bateaux de la flotte napoléonienne.
Les Anglais pudibonds, puritains et faux culs prétendent qu'il a prononcé non pas «Kiss me Hardy» mais
«Kismet»… C'est faux: il a dit «Kiss me Hardy» à
son lieutenant. C'est une approche pour aller au-delà
des relations sexuelles entre homme et femme et
aborder les rapports entre homme et homme, dans
tout ce que cela implique de tragique.

*

N'remue pas s'il te plaît
Le couteau dans le play
Plus de flash-back
Ni de come-back
Les larmes c'est en play-back complet

*

Il y a trois façons à ma connaissance de diriger une
actrice. La première, vers le bar. Facile. La deuxième,
vers le lit. Facile. La troisième, devant la caméra. […]

On peut aussi faire un petit cocktail des trois. Alors là, épatant. Mais, en cours de tournage, on risque alors de s'entendre dire à propos de telle ou telle réplique : « Ce truc-là, chéri, je le sens pas », comme si les rôles cinématographiques avaient des odeurs.

*

Les Français sont sectaires. Chacun doit rester dans son ghetto. Alors ce petit auteur-compositeur-metteur-en-scène-photographe-écrivain, non : dehors !

*

Certains s'effacent devant leur destin. Moi je le mets aux arrêts de rigueur. À fond de cale.

*

Je suis un personnage, donc un mythe. J'ai mon look, je suis le précurseur du néo-dandysme. Et ma barbe de deux jours me demande beaucoup de soins.

*

La mode, ce qui est nouveau, arrive ici par pirogue, pas par avion. Voyez ce pauvre Hallyday, il est toujours déphasé.

*

Je suis un mythe vivant, quelques degrés au-dessus d'une star.

Journaliste : **Il y a quand même un moment où vous avez changé de look de façon assez radicale ?**

Gainsbourg : **Il n'y a pas eu de chirurgie esthétique, si c'est ça que vous voulez dire. Chirurgie mentale seulement.**

*

Pour moi, le jean représente la décontraction, la non-chalance, la désinvolture. L'élégance, quoi. Quand je vais chez Maxim's, je mets un costume Saint-Laurent avec une chemise en jean.

*

Ma barbe, c'est un vieux complexe. Quand j'étais à l'armée, le matin, à la sonnerie du clairon, tous les types se précipitaient pour se raser, sauf moi. Je n'ai eu de la barbe qu'à trente ans. Aujourd'hui, je me rattrape.

*

Un jour que je m'étais rasé de près, Charlotte revient de l'école, elle m'embrasse et me dit : «Oh! t'es dégueulasse, t'es tout lisse, tu piques pas!»

*

Gainsbarre est un être vivant, libre de ses sarcasmes, de ses conneries et de ses humeurs.

*

Les gens qui regardent la télé voudraient qu'on arrive chez eux en smok' alors qu'eux la regardent avec des pantoufles et devant une nappe en plastique. Eh bien moi je vais chez eux comme eux me regardent. [...] Les seuls types en smok' que j'admets sont ceux à qui je peux faire signe pour avoir une autre bouteille de champagne.

60

Je ne porte jamais de slip. Ça fait pansement.

*

Pourquoi Clark Gable et Humphrey Bogart étaient-ils des dieux ? Parce qu'en gros plan, leur tête faisait trois mètres sur deux ! À la télé, c'est le traitement jivaro !

*

Quand je suis invité à la télé, je provoque le public mais ce n'est pas méchamment. Faut pas les ennuyer ces braves gens. Ils s'emmerdent déjà dans la vie, s'il faut qu'ils s'emmerdent en plus en regardant la télé… Il y a déjà tellement de programmes nuls, alors quand je passe, autant qu'ils se marrent.

*

La solitude est mon état naturel. Je m'y complais. C'est comme un don inné et providentiel. Je n'ai pas besoin de faire d'effort pour être solitaire. Alors que dans ce milieu, il est si difficile d'arriver à s'isoler ! Je ne suis pas fait pour vivre en bande. La seule compagnie qui me soit agréable, c'est celle des filles ; il n'y a qu'avec elles que je me sente à l'aise.

*

J'étais fait pour être à plusieurs
À la rigueur pour être seul
J'étais fait pour ça
Pas pour être à deux

*

La provocation est une cuirasse, la solitude une cotte de mailles. Me voilà bien protégé…

*

Quand j'ai dit à Whitney Houston : « *I want to fuck you* », c'était hard, d'accord, mais quelle pire insulte que de dire à une femme : « Vous êtes intirable » ?

*

La Marseillaise était une musique d'extrême gauche puisqu'on a raccourci quelques têtes d'extrême droite, sur ce chant. C'est pour cela que j'ai trouvé bon de chanter *Aux armes et cætera* plutôt que : « Aux armes citoyens / Formez vos bataillons… » C'est grotesque de chanter ça en temps de paix ! *La Marseillaise* m'appartient autant qu'aux paras ou à Michel Droit.

*

On n'a pas le con d'être aussi Droit.

*

À propos de la sortie de son album reggae, « Aux armes et cætera » :
C'est pas des dents que ça va faire grincer, c'est des dentiers.

*

Aux armes et cætera, c'est en quelque sorte le tableau de Delacroix où la femme à l'étendard, juchée sur un amas de cadavres rastas ne serait autre qu'une Jamaïcaine aux seins débordants de soleil et de révolte en entonnant le refrain érotique héroïque […] sur un rythme reggae lancinant !

*

Journaliste : Avez-vous un souvenir de grand bonheur ?
Gainsbourg : Oui, à l'hôpital Saint-Louis, j'étais gamin, on m'avait retiré les amygdales et j'ai reçu une petite auto de course en métal rouge violent que l'on remontait avec une clé. Elle est partie buter contre le mur à toute allure.

*

Pour faire des vieux os
Faut y aller mollo
Pas abuser de rien pour aller loin
Pas se casser le cul
Savoir se fendre
De quelques baisers tendres
Sous un coin de ciel bleu

*

J'ai un autre souvenir indélébile : quand on est petit garçon, on est assis sur une chaise et les pieds ne touchent pas le sol… Un jour, le bout des pieds a effleuré le plancher puis, quand j'ai pu y poser les talons, je me suis dit : « Ça y est, j'suis un grand, j'suis un grand !! »

*

Après la naissance de Charlotte, après l'avoir tenue dans mes bras, je suis rentré où nous logions, du côté de Chelsea. C'était en pleine nuit, il n'y avait plus un autobus, plus un taxi. Je suis parti à pied et il a commencé à pleuvoir. J'ai dû marcher deux heures, j'ai traversé tout Londres. Jamais je n'ai fait de promenade plus heureuse de ma vie. Cette nuit-là, j'ai touché le bonheur du doigt.

*

Fuir le bonheur de peur qu'il ne se sauve
Que le ciel azuré ne vire au mauve
Penser ou passer à autre chose
Vaudrait mieux
Fuir le bonheur de peur qu'il ne se sauve
Se dire qu'il y a over the rainbow
Toujours plus haut le soleil above
Radieux

*

Je pratique un art mineur destiné aux mineures.

*

Je n'aime pas le mot « artiste ». Je ne sais pas comment on peut appeler les marginaux qui s'expriment soit dans la peinture soit dans la littérature… On ne sert strictement à rien, c'est ça la grandeur de l'affaire, on pourrait parfaitement s'en passer. Regardez en URSS, je ne pense pas qu'il se passe grand-chose, ça se saurait – donc on peut s'en passer !

*

Dès l'instant où vous n'avez pas besoin d'initiation à un art, c'est qu'il est mineur. Pour comprendre Picasso, il faut être passé par Manet, Van Gogh et les surréalistes… Mais pour comprendre Gainsbarre, vous n'avez pas besoin de passer par Ouvrard.

*

La peinture m'a marqué. J'avais trouvé là un art majeur qui m'équilibrait, qui m'équilibrait intellectuellement. La chanson et la gloire m'ont déséquilibré.

*

Je suivais mon évolution normale de jeune peintre. J'ai fait des expériences surréalistes et cubistes et au moment de trouver ma personnalité, j'ai abandonné. Peut-être que j'aspirais à avoir du génie et je n'avais que du talent, je ne sais pas. Je voulais peindre comme un gars de la Renaissance, dans le luxe, avec autour de moi des modèles – non pas ces boudins qu'on trouve actuellement dans les académies, ces vieilles choses démolies – mais des créatures ravissantes. Et ça, c'était au-dessus de mes moyens. Pour conclure : autant de faux-fuyants pour ne pas voir en face que je n'avais pas le feu sacré.

*

J'aurais pu faire de la peinture mais j'ai eu peur de la bohème que je trouvais anachronique. J'ai abandonné.

*

La chanson, le cinéma, les musiques de film me déséquilibrent. C'est facile, c'est faux, on parle plus de nous que des ministres. C'est non seulement inutile, c'est absurde.

*

Un soir, au Milord, je vois Boris Vian. J'encaisse ce mec, blême sous les projos, balançant des textes ultra-agressifs devant un public sidéré. Ce soir-là, j'en ai pris plein la gueule. Il avait sur scène une présence hallucinante, mais une présence maladive ; il était stressé, pernicieux, caustique. C'est en l'entendant que je me suis dit : « Je peux faire quelque chose dans cet art mineur... »

*

Mon premier cachet, ce n'était même pas un cachet, plutôt un comprimé.

Je me suis laissé dire que Marlon Brando se mettait des boules Quies pour ne point entendre les répliques de ses partenaires et qu'ainsi, totalement isolé et tétanisé par son auto-admiration, son jeu y gagnait en intensité dramatique. Peut-être devrais-je en faire autant. Mais comment savoir alors si je plais toujours aux mineures ?

*

Je crois que je suis en marge. Un jour j'ai comparé le show-business à un cahier d'écolier. Pour montrer le niveau des chanteurs français, je prenais la barre de l'instituteur et je les mettais à droite, avec des zéros pointés. Et moi, j'écrivais dans la marge. Au crayon rouge… et je faisais des pâtés.

*

La chanson, […] comme l'a été la peinture, est pour moi une manière de vivre en marge de la société.

*

La chanson dite «Rive Gauche» est morte, j'ai assisté à son agonie quand j'ai fermé les dernières boîtes du genre vers 1960-61. J'étais pianiste, je suis passé en vedette et on a fermé… Ceux qui continuent sont des attardés. C'est d'ailleurs assez lamentable de voir que dès qu'un type a soi-disant quelque chose à dire, ses supports musicaux sont toujours d'une grande pauvreté. Il gratte sa guitare, il a trois harmonies… Et les gens écoutent. Que voulez-vous, ils n'ont que ça à se mettre sous la dent.

*

Ne parlons pas trop de poésie dans la chanson, vou-lez-vous. La poésie se lit avec les yeux et dans le silence. J'ai emprunté des poèmes à Baudelaire, Hugo et consorts – eh bien ça fait de très mauvaises chansons, tout ça. Alors je les ai remis dans leurs livres et ces chansons sont oubliées.

*

Les Français ignorent tout de la rythmique, de la musique et des mots. Nos auteurs interprètes « Rive Gauche » écrivent encore en alexandrins sur des petites musiques désuètes du genre valse ou one-step, composées à la guitare, ce qui donne un rythme sans originalité. Le jour où l'un d'eux saura compo-ser de façon un peu plus complexe et découper sans régularité les phrases et les syllabes, je serai menacé dans ma spécialité.

*

La Rive Gauche ce n'est pas le public. Le public, c'est la masse qui achète les disques, qui démolit l'Olympia pour les Animals et qui envahit Orly pour les Beatles.

*

Je veux bien être incompris pour la peinture, pas pour la chanson. C'est prétentieux de dire qu'on écrit

pour une minorité ; on pense tout de suite minorité
égale élite. Moi, je veux écrire pour la majorité.

*

Un courant mondial est né à Liverpool et on ne peut
pas l'ignorer [...]. On ne peut pas se scléroser. J'écris
des chansons difficiles, on dit : je suis un intellectuel.
J'écris des chansons faciles, on dit que je sacrifie au
commercial... On ne me fiche pas la paix quoi... On
me cherche des noises.

*

J'ai décidé que les Français étaient allergiques, pour
la plupart, au jazz moderne, que moi j'aimais à
l'époque, alors j'ai carrément laissé tomber le jazz et
je me suis mis à la musique pop. Musique pop, ça veut
pas dire musique popu, j'ai jamais fait là-dedans. Vous
savez ce que signifie en français le mot « faire »...

*

Le verbe « faire » est primordial. On dit : « je fais dans
la chanson », « je fais dans le cinéma », « je fais dans
la photo », « je fais dans la poésie »... Mais qu'est-ce
qu'on disait quand on était petit : « Maman, j'ai fait. »

*

Quel est le leitmotiv militaire de l'ingestin grêle ?
Chaque matin, il balance :
mission accomplie, mon côlon.

*

L'art abstrait a fait éclater la peinture : quand en musique on fait éclater les formes il ne reste que les percussions, au désavantage de l'harmonie.

*

Georges Brassens a montré qu'on peut écouter une chanson et pas seulement la fredonner en se rasant. On sait maintenant que le public permet à une chanson de penser. Cela n'empêche pas d'ailleurs que les *Corne Prima* et *Bambino* aient toujours une large audience.

*

Je ne suis pas Brassens. Lui, c'est un peintre classique. Il n'a pas de problème de forme. Moi, je remets tout en question.

*

Denise Glaser : Vous êtes comment avec Georges Brassens ?
Gainsbourg : Je suis épisodique !

*

La chanson française ? Je suis plutôt consterné que concerné !

Théoriquement pour être vraiment moderne, pour être au vingtième siècle dans la lignée des peintres, des poètes et des musiciens modernes, on devrait faire une musique atonale et des vers libres. Comment aller expliquer ça dans le Cantal ?

*

Les rimes en « age » ou en « ère », qu'affectionnait Brassens, ça je peux pas, il y a trop de pages dans le dictionnaire… Je préfère prendre une rime difficile, une rime rare, du genre « erse » parce que je trouve qu'elle a une belle sonorité. Alors je cherche, je note Perse, poppers, herse, exerce, diverse, sesterce, Artaxerxès, inverse et ça donne ceci : « Des British aux niakouées jusqu'aux filles de Perse / J'ai tiré les plus belles filles de la terre / Hélas l'amour est délétère / Comme l'éther et les poppers. » C'est le mot qui m'a donné l'idée.

*

Moi je n'ai pas d'idée, j'ai des associations de mots, comme les surréalistes ; carence d'idée. Ça cache un vide absolu, je suis sous vide.

*

Brel, je n'ai jamais compris sa prosodie, mais il avait ceci d'étonnant qu'il ne vivait que pour son métier. Quand il ne chantait pas il atteignait le fond de la dépression. Dans sa loge, quelques minutes avant de monter sur scène, il travaillait à la guitare, il composait de nouvelles chansons.

*

Jacques Brel un jour me dit : « Tu ne réussiras que quand tu auras conscience que tu es un crooner ! » Je

74

lui dis : « Moi un crooner, avec ma sale gueule ? » Eh bien à l'analyse il avait vu juste : *L'Eau à la bouche, Je t'aime moi non plus, Je suis venu te dire que je m'en vais*… Ce sont des chansons de crooner. De crooner destroy, mais de crooner !

*

Journaliste : Aux Trois Baudets, où vous chantez, vous arrive-t-il de prendre des bides, ou plutôt des « froids », comme dit Raymond Devos ?

Gainsbourg : Des froids ? Énormément, je n'ai que ça.

Journaliste : Même quand on vous aime bien, vous n'encouragez pas les applaudissements.

Gainsbourg : C'est de la réserve. J'ai l'impression, quand on m'applaudit, que ça doit cesser au plus vite, sinon j'ai l'air de quémander, d'en redemander. […] Pour l'instant je ne me suis pas fait éjecter ; j'ai reçu une pièce de monnaie, à l'Alcazar de Marseille. Ce qui a doublé mon cachet.

*

Lorsque je chante, je crache un peu à la figure des gens. […] Je trouve que les applaudissements, c'est démodé. Je n'arrive pas à me départir d'une certaine pudeur. À la fin d'une chanson, je ne peux pas casser la baraque, comme Jacques Brel, par exemple, en donnant un coup de gueule, c'est beaucoup trop démagogique.

*

Gainsbourg: Pour pratiquer l'humour noir en chanson, il faut une bonne dose de mépris, de froideur et de lucidité. Et un peu de méchanceté.
Journaliste: Ce n'est pas seulement le mépris des autres, je crois, c'est aussi une arme qu'on retourne contre soi…
Gainsbourg: Bien sûr! Il faut être bon joueur, quand même!

*

La chanson française n'est pas morte, elle doit aller de l'avant et ne pas être à la remorque de l'Amérique. Et prendre des thèmes modernes. Il faut chanter le béton, les tracteurs, le téléphone, l'ascenseur… Pas seulement raconter, surtout quand on a dix-huit ans, qu'on se laisse, qu'on s'est quittés… J'ai pris la femme du copain, la petite amie du voisin… Ça marchera pas. Il n'y a pas que ça dans la vie quand même. Dans la vie moderne, il y a tout un langage à inventer. Un langage autant musical que de mots. Tout un monde à créer, tout est à faire. La chanson française est à faire.

*

Le public et les femmes c'est la même chose : je suis prêt à jeter une partie de mon public qui a vieilli et qui d'ailleurs me crache dessus.

Je n'ai pas l'esprit d'escalier, j'ai l'esprit d'ascenseur en panne.

*

J'ai placé mon univers de la chanson dans une sphère de luxe et de névrose. C'est le contraire de la chanson qui, avec Damia ou Berthe Sylva, longeait les murs sur des trottoirs humides.

*

J'ai une photo de Chopin, là, posée sur mon piano. Parce qu'il a l'air aussi marrant que moi… Il a l'air de me juger très sévèrement. Quand je cherche une mélodie, je le regarde, il a l'air de me dire, on pourrait mettre une bulle : « Parfaitement dégueulasse », et puis quand la mélodie est assez jolie : « À la rigueur. » C'est ma conscience.

*

Il y a autant de fumistes chez les musiciens classiques que dans les variétés… alors je ne vois pas pourquoi je ferais des complexes !

*

Toutes ces chansons pour les autres… C'était des chansons opportunistes, pour faire du blé… J'ai jamais fait des conneries pour moi, je les filais aux autres.

*

Je suis à un âge où il faut réussir ou abandonner. J'ai fait un calcul très simple, mathématique. Je fais douze titres, moi, sur un 33 tours de prestige, jolie pochette, des titres très élaborés, précieux. Sur ces douze titres, deux passent sur les antennes et les dix autres sont parfaitement ignorés. J'écris douze titres pour douze interprètes différents et les douze sont tous des succès.

*

Le yé-yé, c'est du Tino Rossi avec des guitares électriques. Si Brassens avait à écrire pour Hallyday, il le ferait. Je ne sais pas pourquoi Hallyday ne m'aime pas. Je pourrais pourtant lui faire des trucs moins stupides que ceux qu'il chante, ce n'est pas compliqué.

*

Personnellement, je ne suis capable d'aucun compromis, mais pour les autres, ça m'est égal. Je fais ce qui leur convient.

*

Je connais les limites de ma pudeur. Du temps où Piaf vendait cinq cent mille disques et où j'étais fauché, j'ai refusé des chansons à Piaf. J'ai refusé des chansons à Montand parce qu'idéologiquement je n'étais pas d'accord avec lui. Je refuse des chansons à Hallyday, à des gens qui vendent énormément. Se compromettre, d'accord. Mais dans mon sens à moi, à la condition que ce soit un peu marrant. Pas rentrer dans le rang.

Il faut plaire aux femmes d'abord puisque c'est la femme qui applaudit et le mari suit.

*

Je fais pas de concessions, je me prostitue un peu, mais pas dans les banlieues.

*

Emmanuelle aime les caresses buccales et manuelles
Emmanuelle aime les intellectuels et les manuels

*

Journaliste: Comment écrivez-vous vos chansons?
Gainsbourg: Sur commande… même les miennes.
Je veux dire: pas pour le plaisir, pour bosser!

*

Je fais ce qu'on appelle du «talk-over» parce qu'il y a des mots d'une telle sophistication dans la prosodie que l'on ne peut pas mettre en mélodie. Vous ne pouvez pas chanter: «L'un à son trou d'obus / L'autre à son trou de balle», ce n'est pas possible, il faut le dire. Très bel alexandrin d'ailleurs. C'est dans *L'Homme à tête de chou.*

*

J'ai écrit en une nuit *Harley Davidson* et *Bonnie and Clyde.* En une nuit! Quant à *Je t'aime moi non plus,* ça s'est passé chez Brigitte. Elle m'a dit: «Écris-moi la plus belle chanson d'amour que tu puisses imaginer…»

> *Journaliste :* **Vous faites de l'alimen-**
> **taire ?**
> *Gainsbourg :* **Catégorie caviar.**

Sur dix ans de chansons, je compte sur les doigts de la main gauche les chansons que j'aime. Je vais les compter : *L'Eau à la bouche, La Javanaise, Pauvre Lola, Docteur Jekyll et Monsieur Hyde* et *Ces petits riens*. Voilà ! Tout le reste : zéro. Ça fait cinq, cinq chansons. Le reste est à jeter. Tout ça pour dire que je suis aussi vache avec moi qu'avec les autres.

*

Je ne connais pas les gardes, je connais l'avant-garde. Les gardes, ça fait chier, ce sont des morts vivants, ils ne savent pas qu'ils sont *out* depuis longtemps. Ne soyons pas méchants, ils se démerdent, ils font des cachetons, mais ils restent dans un créneau, ils ont trouvé un créneau et puis ils restent dedans, ils se sclérosent. Je ne pourrais pas faire ça, je me flinguerais direct.

*

Les tireurs d'élite n'auront jamais que du talent tandis que le génie visionnaire, ignorant les cibles immédiates et autres disques d'or, et pointant son arc vers le ciel selon les lois d'une balistique implacable, ira percer au cœur les générations futures.

*

Il y a une citation qui me plaît bien : « J'ai mis mon génie dans ma vie et mon talent dans mon œuvre. » Elle est d'Oscar Wilde.

*

Jusqu'à la décomposition, je composerai....

*

Je vois très bien la laque de mon piano briller encore deux ou trois cents ans. Je vais mettre dans mes dernières volontés : cassez mon piano.

*

Eh merde ! Le réalisme, on l'a hors de l'écran. Je n'en ai rien à cirer du réalisme. Parce que j'ai envie de m'évader. J'ai pas envie de m'asseoir dans un fauteuil de salle obscure pour voir ou revoir la réalité. J'ai envie de faire un trip, m'évader. M'évader de la réalité comme je m'évadais quand j'étais gamin avec *Luc Bradefer* ou avec *Pim Pam Poum*.

*

Plus d'accents, ni grave, ni aigu, ni circonflexe ; plus d'apostrophe, de barre de t, de points sur les i : un jour j'ai changé ma façon d'écrire par défi esthétique, en supprimant tout ce qui obligeait ma main à revenir en arrière.

84

Pianiste de bar, je l'ai été, et c'est la meilleure école. Je gagnais deux sacs pour toute la nuit, mais j'étais tellement snob à l'époque… On peut pas jouer toute la nuit, alors ils mettaient un disque… J'allais au bar et je disais au serveur : « Maintenant je suis client alors tu me sers ! Combien je te dois ? Deux sacs ? Les voilà ! » Faut être con… Pas si con que ça, j'étais fier…

*

Je voyais des riches briser des homards pendant que je jouais des chansons misérables : « Les escaliers de la Butte / Sont durs aux miséreux… » En voyant tous ces mecs, habillés en pingouins !

*

Un jour, au Touquet, j'étais pianiste de bar, un type me donne une pièce de un franc. Moi avec toute mon arrogance je me lève et lui dis : « Monsieur je ne suis pas un juke-box ! »

*

Denise Glaser : Serge Gainsbourg, vous avez répondu un jour, à quelqu'un qui vous demandait si vous étiez snob, que vous étiez snob sur les bords. Qu'est-ce que ça veut dire ?
Gainsbourg : Ça veut dire que j'ai horreur de la vulgarité, que j'habite le 16e et que je me fais les ongles.

*

Ah ! Baiser la main d'une femme du monde
Et m'écorcher les lèvres à ses diamants
Et puis dans la Jaguar
Brûler son léopard
Avec des cigarettes d'Amérique

*

Lassé de voir le monde, il m'arrivait cependant de
sortir de mon atelier pour m'aller sustenter dans les
restaurants à la mode où, pour tuer le temps que
prenait ma commande, je chronométrais mentalement celui que passaient les femmes aux toilettes,
deux minutes : émission d'urine, deux minutes trente :
usage de poudres et carmins ; passé ce laps de temps
il me semblait flagrant que l'affaire était plus
sérieuse. Ensuite, d'un œil aussi placide que celui de
mon chien, je jugeais du degré de leur gêne, inverse-
ment proportionnelle aux secondes écoulées.

*

J'ai trois bagues en platine à l'annulaire. Trois bagues
pour trois B : Bardot, Birkin, Bambou.

*

Bardot est une fille qui peut se montrer très intelli-
gente avec des gars intelligents et très con avec des
cons. Définitif et sans appel.

*

Tu n'es qu'un appareil à sou-
Pirs
Un appareil à sou-
Rire
À ce jeu
Je
Ne joue pas

*

Ma Rolls-Royce a ceci de particulier que ses deux R
sont rouges, c'est rare. Quand monsieur Charles S.
Rolls est mort, un R est devenu noir. Et après Fre-
derick H. Royce, les deux. La classe quoi…

*

Je n'ai pas de Rolls ; j'en avais une, je n'ai gardé que
le bouchon du radiateur. Ça me gonflait – je n'ai pas
le permis alors je l'employais comme cendrier. Je
disais à Jane : « Viens, on va fumer une clope dans la
Rolls. » J'ai pas de maison secondaire. Le blé, j'aime
le claquer en suites dans les palaces, en objets d'art,
en cadeaux somptueux, en gadgets audiovisuels dernier cri, en restos, en boîtes, en pourboires… Mais
certainement pas en fringues ! J'ai deux jeans et cinq
chemises, à l'inverse de certains fauchemen qui ont
quinze costards et trente paires de pompes.

*

Je veux que l'on m'enterre dans ma Rolls. Double
paye au fossoyeur.

*

Je prétends préférer me faire écraser par une Rolls-Royce que par un seize tonnes.

Je trouve le luxe amusant. Pour moi, le luxe, c'est
perdre la notion de l'argent. J'y suis parvenu.

*

Journaliste : Qu'est-ce que vous avez vu en Chine ?
Gainsbourg : Une misère monstrueuse mais extrêmement esthétique.

*

Dans le temps, j'avais un majordome, un Black, mais
comme c'est tout noir chez moi, je ne le voyais que
quand il se marrait… Hé hé hé… Il me préparait des
plats africains…

*

Journaliste : Donc vous ne portez pas Mitterrand
dans votre cœur… ?
Gainsbourg : L'important c'est que ça s'arrose ! Non,
ça craint, là… Oubliez !

*

J'ai un chien qui mord tout le monde sauf moi. C'est
assez agréable, je n'aime pas les chiens qui lèchent la
main de n'importe qui. Les autres disent : « Quoi !
Vous avez un chien affreux ! » Mais il vient vers moi
et il est tout doux.

*

Même musique même reggae pour mon chien
Que tout le monde trouvait si vilain
Pauv' toutou c'est moi qui bois
Et c'est lui qu'est mort d'une cirrhose
Peut-être était-ce par osmose
Tellement qu'il buvait mes paroles

*

Poussé à un tel degré de perfectionnisme, l'esthétisme est une maladie. Je ne tiens pas à m'en guérir.
C'est totalement incontrôlable. C'est même devenu
un rituel.

*

Quand j'avais dix-huit ans, j'habitais une chambre
mansardée. Je jouais aux échecs avec des objets que
je faisais mat. J'avais simplement un carton à dessins
qui faisait office de table. Il était posé sur des bou-
quins et des dictionnaires. Dessus, j'avais déposé un
livre de Catulle, un cendrier, un briquet et un paquet
de cigarettes. Je jouais avec et, une fois que j'ai trouvé
la place idéale du livre par rapport aux autres objets,
il n'a plus bougé.

*

Je m'entoure d'objets précieux, j'encombre mon
hôtel particulier d'objets inutiles et très beaux, pour
supporter, pour avoir une solitude un peu luxueuse.

*

J'ai jamais vu un milliardaire gentil,
ni un pauvre méchant. Peut-être ne
vais-je pas dans les bons endroits !

Vous prendrez bien une petite tasse d'anxiété ?

*

Rendre l'âme ? D'accord, mais à qui ?

*

Je dois croire un peu en Dieu, puisque je crois au diable. Je préfère être ami avec le diable.

*

L'homme a créé les dieux l'inverse tu rigoles
Croire c'est aussi fumeux que la ganja
Tire sur ton joint pauvre rasta
Et inhale tes paraboles

*

Si le Christ était mort sur une chaise électrique, tous les petits chrétiens porteraient une petite chaise en or autour du cou.

*

Et si Dieu était juif ça t'inquiéterait petite
Sais-tu que le Nazaréen
N'avait rien d'un aryen
Et s'il est fils de Dieu comme vous dites
Alors
Dieu est juif
Juif et Dieu

**L'homme a créé les dieux. L'inverse
reste à prouver.**

Dieu : quel autre enculé pourrait assumer à sa place
les injustices du monde ?

*

Si j'étais Dieu, je serais peut-être le seul à ne pas croire
en moi.

*

Aux enfants de la chance
Qui n'ont jamais connu les transes
Des shoots et du shit
Je dirai en substance
Ceci
Ne commettez pas d'imprudences
Surtout n'ayez pas l'impudence
De vous foutre en l'air avant l'heure dite
Je dis dites-leur et dis-leur
De casser la gueule aux dealers

*

J'ai voulu donner un message aux jeunes gens.
Ça va à l'encontre de mon image puisqu'on croit que
je suis un drogué : on me voit à la télé, on croit que
je suis drogué. Je suis parfois un peu pété, c'est tout :
l'alcool est une drogue mineure.

*

À la brigade des stups
J'suis tombé sur des cops
Ils ont cherché mon spliff
Ils ont trouvé mon paf

*

Jusques en haut des cuisses
Elle est bottée
Et c'est comme un calice
À sa beauté
Elle ne porte rien
D'autre qu'un peu
D'essence de Guerlain
Dans les cheveux

*

Enfilez vos bas noirs les gars
Ajustez bien vos accroch'bas
Vos port'jarretelles et vos corsets
Allez venez ça va se corser
On va danser le
Nazi Rock Nazi
Nazi Nazi Rock Nazi

*

Putain parmi les putes
J'enfonce dans la fange
Où s'étreignent les brutes
Et se saignent les anges

*

Étant gamin, je me suis évadé dans ces contes et puis je me suis écrasé sur le mur de la réalité. Le mur de briques rouge sang sur lequel ma cervelle a éclaté.

*

Chatterton suicidé
Marc-Antoine suicidé
Van Gogh suicidé
Schumann
Fou à lier
Quant à moi…
Quant à moi
Ça ne va plus très bien

*

De ma vie, sur ce lit d'hôpital que survolent les mouches à merde, la mienne, m'arrivent des images parfois précises souvent confuses, «out of focus» disent les photographes, certaines surexposées, d'autres au contraire obscures, qui mises bout à bout donne-raient un film à la fois grotesque et atroce par cette singularité qu'il aurait de n'émettre par sa bande sonore parallèle sur le celluloïd à ses perforations longitudinales, que des déflagrations de gaz intestinaux.

*

Avant ma crise cardiaque je n'avais jamais pensé à la mort. À ce moment-là, je me suis dit : «Pour la vie il n'y a pas d'antidote.»

*

On m'envoie souvent des livres dédicacés. J'arrache la page de dédicace et je jette le bouquin. J'ai une fabuleuse collection de dédicaces…

Sais-tu ma petite fille pour la vie il n'est pas d'antidote
Celui qui est aux manettes à la régie finale
Une nuit me rappellera dans les étoiles
Ce jour-là je ne veux pas que tu sanglotes
Shush shush shush Charlotte

*

Vouloir se survivre, c'est d'une arrogance monstrueuse. La seule façon de se survivre, c'est de procréer. Comme les chiens.

*

Mon deal avec la mort ne regarde personne. Que je reboive et que je refume, c'est mon problème.

*

La mort ne me blesse pas, elle m'égratigne. Elle et moi, nous croisons souvent : relation de trottoir...

*

Journaliste : Qu'est-ce qui est beau et bref à la fois ?
Gainsbourg : La flamme qui jaillit de mon Zippo. Parce que c'est éphémère et fulgurant.

*

**Je serai fusillé d'une balle rouillée
et mourrai du tétanos.**

Quand mon 6.35
Me fait les yeux doux
C'est un vertige
Que j'ai souvent
Pour en finir
Pan ! Pan !

*

Y'a d'quoi d'venir dingue
De quoi prendre un flingue
S'faire un trou, un p'tit trou, un dernier p'tit trou
Un p'tit trou, un p'tit trou, un dernier p'tit trou
Et on m'mettra dans un grand trou
Où j'n'entendrai plus parler d'trou plus jamais d'trou
De petits trous de petits trous de petits trous

*

J'me verrais bien sur un pain de plastic
Comme Larousse semer à tout vent
Mes quatre membres et moi crevant
De cette chirurgie esthétique
J'me verrais bien le crâne entre deux briques
Une à une cracher mes dents
Exhaler en caillots de sang
Tout mon amour égocentrique

*

Quand la vie semble inévitablement c'est foutu
On s'dit qu'il vaudrait mieux être tout à fait c'est pas ça

Et malgré tout on reste totalement on fait comme on
a dit

*

Écoute les orgues
Elles jouent pour toi
Il est terrible
Cet air-là
J'espère que tu aimes
C'est assez beau, non ?
C'est le requiem pour un con

*

J'avais su jusque-là garder avec mes semblables des
distances misanthropiques sans trop de troubles
quand par malheur vint pour moi le temps d'être
enrôlé dans l'armée. Je passai bruyamment le conseil
de révision où mon infirmité que les médecins-
majors prirent pour de l'insubordination me valut
d'être instantanément affecté dans un camp discipli-
naire, et là, dans la promiscuité des chambrées, j'ap-
pris à mesurer l'infinie grossièreté des hommes qui
dès l'instant qu'ils se retrouvent désœuvrés à huis
clos mettent un point d'honneur à émettre par tous
leurs orifices naturels, je veux dire aussi bien par
leurs pores, les odeurs les plus repoussantes. Mes gaz
militaires plongèrent mes compagnons dans des
transes de joie, la mauvaise nutrition de ces pauvres
diables aidant, singe, corned-beef et musiciens, hari-
cots blancs, l'état d'esprit devint compétitif, « vlan »

s'écriaient certains lâchant du lest, la merde n'est pas loin, et l'air bientôt irrespirable.

*

La lucidité est indispensable dans l'art… Et la lucidité amène toujours soit la neurasthénie, soit la causticité. Les deux mêlées, cela donne mes chansons c'est-à-dire de l'humour amer.

*

Vinrent les punks qui m'étonnèrent un temps, Sid Vicious le seul à mes yeux parce que dangereusement logique et suicidaire, j'avais hélas vu juste, tête brûlée d'un mouvement qui m'aurait d'ailleurs subjugué si je ne l'avais été quelque trente ans auparavant par Dada, Breton et *La Nausée* de Sartre.

*

J'étais timide et laid. Je suis très tôt devenu misanthrope… peut-être parce que les autres me rejetaient. Je me souviens d'une surprise-party, je devais avoir dix-sept ans, et dès mon arrivée, dès que je me suis assis dans un coin, l'ambiance est tombée. Les gens ont arrêté de rire et de danser. J'ai foutu en l'air, comme ça, des tas de boums, parce qu'ils sentaient tous que j'étais là et que je les jugeais.

*

L'objet le plus précieux, c'est la femme-objet.

Il faut prendre les femmes pour ce qu'elles ne sont pas et les laisser pour ce qu'elles sont.

*

Le ramier roucoule
Le moineau pépie
Caquette la poule
Jacasse la pie
Le chameau blatère
Et le hibou hue
Râle la panthère
Et craque la grue
Toi, toi, toi
Toi,
Sois belle et tais-toi

*

J'ai eu une phrase terrible quand mon père est mort. Ma sœur Jacqueline m'a téléphoné, j'ai entendu au ton de sa voix qu'il s'était passé quelque chose de très grave et j'ai eu ce cri du cœur : « Il est arrivé quelque chose à Maman ? » [...] Il jouait aux cartes, il s'est vidé de son sang... En m'approchant de son corps inerte, j'ai eu un réflexe de petit enfant, je croyais qu'il était fâché, j'avais peur qu'il m'engueule, j'étais prêt à dire : « Papa je le f'rai plus ! »

*

Depuis la mort de mon père et de ma mère, je préfère l'asphalte. La terre est mangeuse d'hommes.

*

À propos de mon père, j'ai commis une faute irréparable, puisqu'il n'est plus là. Ma faute c'est de ne pas m'en être fait un ami quand je suis passé de l'adolescence à l'âge adulte. Lui était très réservé, et moi aussi.

*

C'est normal d'être orphelin à cinquante-sept ans. Normal, mais inadmissible.

*

Mon père ne comprenait pas pourquoi j'étais aussi agressif envers les femmes. Je lui disais : « Mais écoute, tu as vu ma gueule, moi je ne peux me défendre qu'en attaquant ! »

*

Comment voulez-vous qu'avec ma gueule, je sois tendre ? [...] Je suis dur. J'ai une gueule dure, je peux pas être tendre... J'suis tendre dans le privé mais pas devant les gens.

*

Rien ne vaut un homme autour du cou
Du moins pour se passer ses envies
Regarde derrièr' toi ma chérie
Ce sont tes vingt carats qui s'enfuient

*

Ce mortel ennui
Qui me vient
Quand je suis
Avec toi

*

Si j'écoute *Ce mortel ennui*, je revois mentalement
la petite mignonne à qui j'ai pensé en l'écrivant.
Elle n'était pas si conne d'ailleurs : quand c'est sorti,
elle s'est dit : « Ça, c'est pour moi » et elle s'est cas-
sée...

*

Dans tes yeux je vois mes yeux
T'en as d'la chance
Ça t'donne des lueurs d'intelligence

*

Ça n'sait pas dire non
C'est ça qu'j'aime bien
Chez les p'tits boudins
Ça n'pose pas d'question
Ça n'mange pas d'pain
Les petits boudins

*

Disons que pour la femme je suis un mâle nécessaire et pour moi, elle est un bien inutile.

*

Jeunes femmes et vieux messieurs
Si elles sont fauchées quelle importance
Jeunes femmes et vieux messieurs
Du pognon ils en ont pour deux

*

Journaliste : Est-ce que vous auriez aimé être quelqu'un d'autre ?
Gainsbourg : Cela aurait été marrant d'être Sardanapale, vous savez, c'était un souverain assyrien qui, se voyant cerné par les armées ennemies, a fait trucider son harem avant de se donner la mort.

*

J'distribue les swings et les uppercuts
Ça fait VLAM ! ça fait SPLATCH ! et ça fait CHTUCK !
Ou bien BOMP ! ou HUMPF ! parfois même
PFFF !
SHEBAM ! POW ! BLOP ! WIZZ !

*

Quand j'élabore une mélodie, au piano, je baragouine en anglais, n'importe quoi, pour voir si ça coule. Parce que l'anglais est un critère. Le français est plus guttural. À l'oreille d'un Anglais, le français s'apparente au yougoslave ou au suédois. On a des difficultés avec l'accent tonique et avec les gutturales, qu'ils n'ont pas eux. Alors je triche et je mets des mots anglais dans mes chansons…

*

Elle est si chatte que je lui dis mou
Elle est si grosse que je lui dis vous
Elle est si laide que je lui dis bouh
Et si lady que je lui dis you

*

Je laisse des traces de mon passage
Sur tout ce que j'effleur' avec mon maquillage
Apocalypstick ! Apocalypstick !
Sur toutes les anatomies
Ma bouche se dessine en décalcomanie

*

Les dessous chics
C'est la pudeur des sentiments
Maquillés outrageusement
Rouge sang
Les dessous chics
C'est se garder au fond de soi
Fragile comme un bas de soie

108

Ma débile mentale
Perdue en son exil
Physique et cérébral
Joue avec le métal
De son zip et l'atoll
De corail apparaît
Elle s'y coca-colle
Un doigt qui en arrêt
Au bord de la corolle
Est pris près du calice
Du vertige d'Alice
De Lewis Caroll

*

Vélasquez était un génie. Toutes ses toiles montrent des rois et leurs enfants avec des gueules de dégénérés. Les grands d'Espagne avec des tronches de mongoliens ! Comment Vélasquez pouvait-il faire admettre à tous ces farineux qu'ils étaient beaux ? Il était fortiche, non ?

*

Par la main emmène-moi hors des lieux communs
Et ôte-moi de l'idée
Que tu ne peux t'exprimer
Que par des clichés

*

Journaliste : Qu'est-ce que ça représente pour vous le succès de *Poupée
de cire, poupée de son* ?
Gainsbourg : Quarante-cinq millions.

Gainsbourg : Avant *Poupée de cire, poupée de son*, je ne rencontrais que des sourires sceptiques, étant donné que j'étais un chanteur dit «intellectuel», je dirais moi pseudo-intellectuel. On disait que j'étais apprécié d'une certaine élite, il n'est pas dangereux, pour nous. À partir de là, la petite France Gall m'a aidé à ouvrir certaines portes.

Journaliste : Vous préférez l'élite ou le grand public ?

Gainsbourg : Sur les royalties, je préfère le grand public.

*

Je n'ai pas envie du tout de jouer les poètes maudits. Quand j'ai commencé à avoir du succès, certains se sont écriés : «Le poète assassiné par la société de consommation !» S'il faut être fauché pour plaire aux intellectuels, je les emmerde, les intellectuels.

*

Journaliste : Si on va au fond des choses, la chanson, ça représente quoi pour vous ?

Gainsbourg : Un métier. Et de l'argent. Parce qu'il faut bien vivre.

Journaliste : Et un message ?

Gainsbourg : Certainement pas. Les seuls messages qui peuvent être véhiculés par la musique sont des hymnes patriotiques.

Journaliste : Vous pensez être très doué ?

Gainsbourg : Oui.

*

Journaliste : Vous refusez les messages dans la chanson ?
Gainsbourg : J'estime que qui à un message à donner se fait éditorialiste.

*

Faut pas confondre cynisme et lucidité. Quand je dis que *Je t'aime moi non plus* m'a rapporté cent millions seulement en Europe et que je m'en réjouis on dit : « Il est cynique, il ne pense qu'à l'argent. » Au contraire, pour Sheila par exemple, on a toutes les indulgences parce qu'elle joue à la fille de Français moyens malgré son argent. Qui est le plus cynique des deux ?

*

Je déteste le show-business, je trouve les gens qui fréquentent ce milieu d'une méchanceté absolument insoutenable. Ils sont hargneux et jaloux, et moi je ne suis ni l'un ni l'autre.

*

Pour moi la provocation est une dynamique. J'ai envie de secouer les gens. Quand vous secouez les gens, il en tombe quelques pièces de monnaie, des pièces d'identité, un livret militaire… Il y a toujours quelque chose qui se passe. Si je ne provoque pas, je n'ai plus rien à dire.

*

À propos de son «conte parabolique» Evguénie Sokolov *publié à la N.R.F.:*
Un livre, c'est quelque chose de précieux. Le mien ne pèse pas lourd. Mais les lettres piégées non plus.

*

Je vais vous donner un petit conte parabolique. En mai 1981, je me trouvais rue Saint-Denis. Et je vois une super nana qui faisait le trottoir. «Hey Gains-barre, tu montes?»… «Toi tu connais mon nom mais je connais pas le tien»… «Moi je m'appelle socialisme!» Elle est superbe, maquillée un peu outrageusement. Je lui dis: «Oui, mais combien tu veux?»… «Tu paieras après.» On monte, elle se déloque et en fait c'était un immonde travelo. Elle se tourne et me dit: «Tiens, prends-moi par le communisme!» Bien, c'était une parabole. Ceci dit on va tellement dans le foutoir que bientôt c'est plus du café qu'on va boire c'est de l'eau chaude. Et maintenant je vais vous dire ce qu'est le racket des impôts. Je vais vous faire… là c'est pas une parabole, c'est physique… Je prends un billet de 500 balles… Je suis taxé à 74%, hein? Je vais vous dire ce qui me reste (il allume son Zippo). C'est illégal ce que je vais faire là, mais je vais le faire quand même, si on me fout en taule j'en ai rien à cirer (le billet commence à brûler). J'arrêterai à 74%… Il faut quand même pas déconner, ça c'est pas pour les pauvres, c'est pour le nucléaire… Voilà ce qui me reste (il éteint le billet) sur les 500 balles… C'est foutu! […]

113

J'aimerais que les pauvres aient tous des Rolls. Et moi, j'ai vendu la mienne. Voilà le travail socialiste.

7 sur 7 (11 mars 1984)

*

Journaliste : Tu aimerais bien te taper des travelos ?
Gainsbourg : C'est déjà fait mon petit gars, t'as quinze métros de retard !

*

Ce qui me gêne dans la jument, c'est la queue.

*

L'envers vaut l'androgyne.

*

Je fais mon boulot, je suis un showman. Et puis ça me fait marrer, la provoc'. Ça fait des turbulences, ça m'empêche de me faire chier, chier dans la vie.

*

La provocation prête un pouvoir de commandement. Elle ordonne le duel, la répulsion, la révolte, mais aussi les alliances et les amitiés. Parfois elle met au garde-à-vous, à part quelques mercenaires en rupture de bang...

Je suis d'un genre trop relax. Si je ne suis pas agressif, dans le sens abstrait, je m'éteindrai, je n'aurai plus de dynamique.

*

L'agressivité est mon moteur ; il y en a qui écrivent d'une écriture de professeur de lycée, moi j'aime casser des plumes et faire des pâtés.

*

Le scandale, c'est une vue de l'esprit. Quand on a fait des trips au-dessus des nuages, il y a des turbulences. Attachez vos ceintures, faites gaffe, on va se planter… Mais c'est très bien comme ça. Moi j'aime bien les interdits, ça implique qu'il existe encore des tabous. C'est hallucinant, nous sommes à la fin du XXe siècle et il y a encore des tabous !

*

Pour moi, l'amour, ce sont des alcôves et le trouble des interdits. L'amour doit être quelque chose de glauque et de caché. Caché des autres. Par ailleurs, je ne suis pas un homme libéré, au sens où on veut bien l'entendre : je trouve que mon éducation, bourrée d'interdits, est intéressante, car ainsi je peux mener ma vie à la manière d'un pornographe privé. Une éducation sans interdits mènerait à l'impuis-

sance, mènera toutes les générations à l'impuis-
sance.

*

Une fille sans tabou est une mauvaise amoureuse. S'il
n'y a pas d'interdit, si l'on perd le sens des voies
interdites, alors je ne vois pas d'où viendraient les
excitations ! La femme moderne fera des tas d'ho-
mosexuels dans l'avenir, parce qu'elle se veut libérale. Moi, je suis très conservateur là-dessus. Je suis
un réac amoureux.

*

Quand on a comme moi l'âme pliée en fœtus, on a
besoin de provoquer pour la dégourdir.

*

La provocation est ma manière à moi de faire un
travelling avant. Un seul arrêt image et je me flingue.
Fondu au noir.

*

Quel est votre héros de roman favori ?
Charlie Brown.

Quel est votre personnage historique favori ?
Le commandant du *Titanic*.

Votre musicien favori ?
Mon cul.

116

*

Qu'appréciez-vous le plus chez vos amis ?
La vitesse qu'ils mettent à se tirer de chez moi.

*

Quelle est votre couleur préférée ?
Le caca d'oie.

Votre oiseau préféré ?
L'hélicoptère.

Votre auteur favori ?
Mon nègre.

Vos poètes favoris ?
Bottin et Michelin.

*

Loisirs Java
Sports Nada
Passe-temps Nana
Alcools Tafia
Plats Abats
Restaurant Lucas (Carton)

*

Votre occupation favorite ?
Écouter pousser ma barbe.

Quel est pour vous le comble de la misère ?
Manquer de papier cul.

Le principal trait de votre caractère ?
Le trait d'union.

Votre principal défaut ?
Débander pendant.

Votre rêve de bonheur ?
Bander après.

Le don de la nature que vous aimeriez avoir ?
Faire caca sans odeurs.

*

Bougnoule
Niakoué
Raton
Youpin
Crouillat
Gringo
Rasta
Ricain
Polac
Yougo
Chinetoque
Pékin
C'est l'hymne à l'amour
Moi l'nœud

C'est l'hymne à l'amour
Moi l'nœud

*

Doit-on dire un Noir ou un homme de couleur ?
Tout ceci n'est pas clair.

*

Ex-fan des sixties
Petite Baby Doll
Comme tu dansais bien le rock'n roll
Ex-fan des sixties
Où sont tes années folles
Que sont devenues toutes tes idoles

Ex-fan des sixties
Petite Baby Doll
Que sont devenues toutes tes idoles
Dick Rivers, Eddy Mitchell,
Adamo
Richard Anthony, Sylvie Vartan, Nico-
Letta, Hugues Aufray,
Dassin Joe

                                    (variante inédite)

*

Il est des douleurs qui sont proches du climax,
proches de l'orgasme tellement elles sont fulgu-
rantes.

120

*

Petite tête
Brûlée
Rien ne t'arrête
Moi j'te connais
Comme si je t'avais
Défaite

*

Vous connaissez l'histoire de la dame pipi de chez
Lipp? En quittant l'établissement elle a dit: «Je ne
peux pas rester là, ça sent trop la cuisine.»

*

Déjà deux heures que j'fais l'pet d'vant sa porte
comme un groom
Elle manque pas d'air celle-là
Je devais l'emmener souper dans un grill-room
En l'attendant je fais des vents des pets des poums
[...]
Tiens, celui-là était pas mal du tout, il a fait boum
Et celui-ci est parti comme une balle dum-dum
En l'attendant tu fais des vents des pets des poums
Et celui-là dis-donc pschtt, un vrai simoun

*

Déclaré champion toutes catégories, l'on me sur-
nomma l'Embaumeur, la Bombarde, le Canonnier,

121

l'Artificier, l'Artilleur, le Baroudeur, le Mortier, Bombe à gaz, Bazooka, Bertha, Roquette, la Bourrasque, le Souffleur, l'Anesthésiste, le Chalumeau, la Fuite, l'Odorant, le Bouc, Putois, Grisou, Gazogène, l'Éolien, la Voisin, Borgia, Zéphyr, Violette, Vent-Vent, Mister Poum, Prout-Cadet, Cocotte, Gazoduc, Camping-gaz, Fulmicoton, Vent de cul, Gaz-oil, Perlouse, j'en oublie certainement...

*

Je pisse et je pète
En montant chez Kate
Moralité
Eau et gaz à tous les étages

*

L'explication c'est que la fille dit: «je t'aime» pendant l'amour et que l'homme, avec le ridicule de la virilité, ne le croit pas. Il pense qu'elle ne le dit que dans un moment de plaisir, de jouissance. Cela m'arrive de le croire. C'est un peu ma peur de me faire avoir. Mais ça, c'est aussi une démarche esthétique, une recherche d'absolu.

*

— Je t'aime je t'aime
— Oh oui je t'aime
— Moi non plus
— Oh mon amour
— L'amour physique est sans issue

122

Je vais, je vais et je viens
Entre tes reins
Je vais et je viens
Je me retiens
— Non ! maintenant
Viens !

*

Dans *Je t'aime moi non plus*, la phrase importante est :
« L'amour physique est sans issue. » C'est une phrase
que je trouve très morale. « Je t'aime », dit la fille dans
un élan de passion et le garçon qui est beaucoup plus
rigoureux dit, ne la croyant pas : « moi non plus ».
Parce que l'amour physique ne suffisant point aux
passions, il faut s'en référer à d'autres arguments.
C'est la chanson la plus morale que j'aie jamais écrite.

*

Je t'aime moi non plus exprime la supériorité de l'érotisme sur le sentimentalisme. [...] Il existe des millions
de chansons consacrées à l'amour romantique, senti-
mental : des rencontres, découvertes, jalousies, illusions et désillusions, rendez-vous, des trahisons, des
remords, des haines, etc. Alors pourquoi ne pas consa-
crer une chanson à une sorte d'amour bien plus courant de nos jours, l'amour physique ? *Je t'aime* n'est
pas une chanson obscène, elle me semble raisonnable,
elle comble une lacune.

*

Tu n'es pas une affaire
Tu ne peux faire
Qu' l'amour à la papa
Crois-moi, crois-moi
Y'a trente-deux façons de faire ça

*

J'étais raide fauchman mais je décide de me payer
une petite pute. Je vais donc du côté de Barbès où
je tombe sur un groupe de cinq prostituées, cinq
pauvres gamines et dans mon émoi je choisis la plus
nulle mais aussi sans doute la plus gentille. Quand
elle a refermé la porte de sa piaule, j'étais mort de
trac. Je lui ai dit que je n'avais jamais fait ça. Elle m'a
montré le chemin de son engin glauque et visqueux
et quand ça a été fini, elle m'a dit que je n'étais pas
maladroit. Quand je suis rentré chez mes parents,
j'avais l'impression que ça se voyait, je suis allé dans
les chiottes et là je me suis branlé pour retrouver mes
rêves de puceau. Voilà l'affaire.

*

La plus belle fille du monde
Amoureuse ou pas
Superficielle ou profonde
N'a que ce qu'elle a
Qu'elle se mette à quatre pattes
Ou la tête en bas
À la cheville d'un cul-de-jatte
Elle n'arrive pas

124

Gainsbourg : **Je dis « Je t'aime moi non plus » parce que, par pudeur, je fais semblant de ne pas la croire.**

Journaliste : **Mais « Je t'aime », vous êtes capable de le dire ?**

Gainsbourg : **Non.**

Journaliste : **C'est un complexe ?**

Gainsbourg : **Oui, peut-être.**

Journaliste : **C'est difficile pour vous, de dire « je t'aime »…**

Gainsbourg : **Tout le monde dit ça, je voudrais dire autre chose.**

Ça fait crac, ça fait pshttt
Crac je prends la fille et puis pfuitt
J'prends la fuite
Elles en pincent toutes pour ma pomme cuite
J'suis un crack pour ces p'tites
Crac les v'là sur l'dos et moi pshttt
J'en profite

*

Plus tard, devenu Gainsbarre, je suis passé aux call-girls de luxe, sur catalogue, dans des boxons aristocratiques où vont les ministres, le genre « je veux celle-là… » et cinq minutes plus tard déboule un canon…

*

Je n'ai besoin de personne
En Harley Davidson
Je n'reconnais plus personne
En Harley Davidson
Quand je sens en chemin
Les trépidations de ma machine
Il me monte des désirs
Dans le creux de mes reins

*

Journaliste : Pensez-vous comme Platon qu'il y a un Éros supérieur ou divin et un Éros inférieur sans lequel la race humaine s'éteindrait ?

Gainsbourg : Pour parler en termes militaires, je dirais que dans la position du tireur couché ma tête et mon cul sont au même niveau.

*

Annie aime les sucettes
Les sucettes à l'anis
Les sucettes à l'anis
D'Annie
Donnent à ses baisers
Un goût ani-
Sé lorsque le sucre d'orge
Parfumé à l'anis
Coule dans la gorge d'Annie
Elle est au paradis

*

Mes sucettes ? Elles sont au gingembre, mes sucettes…

*

Il était une oie, une petite oie
Qui mettait à son étalage
Les fruits verts de ses seize ans
Et les pépins qu'il y avait dedans

*

Il y a trois orifices. Tous les trois praticables, qu'elles le veuillent ou non.

Brûlants sont tous tes orifices
Des trois que les dieux t'ont donnés
Je décide dans le moins lisse
D'achever de m'abandonner

Love On The Beat
Love On The Beat

Une décharge de six mille volts
Vient de gicler de mon pylône
Et nos reins alors se révoltent
D'un coup d'épilepsie synchrone

Love On The Beat
Love On The Beat

*

Il y a trois fourreaux, celui avec les dents, celui que
le judéo-christianisme permet pour procréer, et puis
l'autre… Précieux. Alors là, évidemment, c'est plus
restreint et plus contracté, donc plus intéressant pour
moi. Quand j'ai été initié au sadisme par le mec du
même nom, il y avait un héros dans *Justine*, un noble
d'ailleurs, qui se mettait en fureur dès qu'il voyait un
con ! Il voulait voir des culs et seulement des culs !
Eh bien, je suis un peu comme ça. Parce qu'un cul,
moi je dirais, c'est pullman ; et un con, c'est le wagon
à bestiaux.

France Gall a eu un mot admirable, on lui a demandé : « Pourquoi vous ne chantez plus *Les Sucettes* ? » Elle a répondu : « C'est plus de mon âge », c'est superbe !

Quand Marilou danse reggae
Ouvrir braguette et prodiguer
Salutations distinguées
De petit serpent katangais

*

Qui dit que je me répète ? Je suis très conscient, très lucide. Je suis très méchant avec moi-même, trop peut-être. Alors faut pas déconner – c'est des blaireaux, ceux qui balancent des choses pareilles. Et j'ai encore beaucoup de choses à dire.

*

Elle était entre deux macaques
Du genre festival à Woodstock
Et semblait une guitare rock
À deux jacks
L'un à son trou d'obus l'autre à son trou de balle

*

Je ne comprends pas… art mineur, art majeur. Peut-être qu'ils n'en ont rien à foutre les gamins ? Plus besoin de culture. Peut-être qu'ils n'ont plus besoin de racines, que c'est une nouvelle notion de désordre, de morale, de tout. J'attends et ça me fait chier d'attendre, d'être là, toujours là, Gainsbourg-Gainsbarre, un petit maître, un petit rigolo, ça me fait chier […]

Comment veux-tu que j'affronte Bartók, Schoen-
berg, Alban Berg ou Stravinsky. Que je défie Rimbaud ou Antonin Artaud. C'est impensable. Je suis
un petit maître… de cent balles, là…

*

Je me sens vibrer la carlingue
Se dresser mon manche à balou
Dans la tour de contrôle en bout
De piste une voix cunnilingue
Me fait glou glou
Je vous reçois cinq sur cinq

*

En fait j'en ai ma claque de la musique. Si je fais un
nouvel album, c'est pour me prouver à moi-même
que je suis le meilleur, tout en inscrivant en lettres
de feu que c'est un art mineur…

*

Quand dans son sexe cyclopéen
J'enfonçais mon pieu tel l'Ulysse d'Homère
Je l'avais raide plutôt amère
C'est moi grands dieux qui n'y voyais plus rien

*

Il y a eu un exorcisme avec ce disque. Avec *Love on
the beat*, je ne sais pas si je suis guéri mais je suis

redevenu un homme. À l'origine de mes tourments, il y avait cette rupture sentimentale. Mon chemin de croix fut plus long que celui du Golgotha puisqu'il a duré quatre ans…

*

J'apprécie des idiotes l'esprit superficiel
Celle dont le coït est un besoin annexe
Mais qui s'écarte un peu en accent circonflexe
Et me laisse épancher mes besoins naturels

*

Gainsbourg : J'ai frappé fort. Je ne suis pas chevalier, je suis directement officier des Arts et Lettres.
Journaliste : Content ?
Gainsbourg : Un peu, ouais. Tu sais Schopenhauer était un misanthrope. Mais à la fin de sa vie, quand il a eu les honneurs, il était plus misanthrope. Il les a acceptés.

*

Et lorsque fatigué d'avoir coulé ma bielle
Dans quelque belle enfant qui croit m'avoir en ex-
Clusivité l'on sort et je l'emmène au Rex
Voir un mélo sordide obscur et démentiel
Afin d'atténuer son chagrin torrentiel
Je roule doucement entre pouce et index
Son petit bouton rose tiède tendre convexe
Jusqu'au début de l'entracte providentiel

*

132

Généralement, ce que j'ai envie de faire, c'est ce que les gamins attendent de moi. C'est du bol, hein ?

*

Je suis resté très adolescent en face des médias, je ne suis pas blasé, j'adore ça, j'aime cet impact, parce que je suis un tireur d'élite : j'envoie ma bastos et j'aime bien voir quand elle touche sa cible. Je suis prêt à tout, je suis une putain de luxe, une pute qui prend son pied. Ce qui est rare et donc très cher…

*

Si je baise ? affirmatif !
Quoi des noms ? no comment
Des salopes ? affirmatif !
Des actrices ? no comment

*

L'amour que nous n'f'rons jamais ensemble
Est le plus rare le plus troublant
Le plus pur le plus émouvant
Exquise esquisse
Délicieuse enfant
Ma chair et mon sang
Oh mon bébé mon âme

*

Les femmes? Les petites, je les saute, les grandes, je les grimpe.

Je suis un pro, mais surtout je suis sincère. Si j'étais faux cul, ça ne marcherait pas. Les gamins s'en apercevraient tout de suite.

*

Qui est «IN»
Qui est «OUT»
Jusqu'à neuf c'est O.K. tu es «IN»
Après quoi tu es K.O. tu es «OUT»
C'est idem
Pour la boxe
Le ciné la mode et le cash-box

*

Ce sont les rupins qui me haïssent. Pour eux je suis un anar, drogué, dégueu. C'est pas vrai, je fume et je bois mais les seules lignes que je prends sont les lignes aériennes. Je me rase soigneusement tous les trois jours et je me nettoie tous les orifices.

*

Les cigarillos ont cet avantage d'faire le vide autour de moi
J'en apprécie le tabac
Et la prévenance
Les cigarillos ne sont pas comme moi, empreints de timidité
Et leur agressivité
Est tout en nuance

Sans vous dire jamais rien qui vous blesse
Ils vous congédient avec tendresse

*

Je fume beaucoup, ce qui fait que je suis dans un état
second. On a dit que j'étais drogué, c'est absolument
faux… Je sais bien que c'est à la mode… […] L'état
second, moi je l'ai naturellement. Toujours l'air un
peu dans le cirage. Mais je ne pratique aucune
drogue, sauf la rêverie…

*

Dieu est un fumeur de havanes
C'est lui-même qui m'a dit
Qu'la fumée envoie au paradis
Je le sais ma chérie

*

Moi, j'arrête de fumer toutes les cinq minutes, voilà.
Il n'y a pas de plus grand plaisir…

*

Je n'aime pas le tabac. Mais qui aime l'oxygène ? On
aime l'oxygène lorsqu'on manque d'air. Moi j'ai
besoin de la nicotine et du goudron.

*

La vraie difficulté ce sera de stopper définitivement la cigarette. Parce que me priver du tabac, c'est me priver de sa gestuelle qui, comme un rituel immuable, m'amenait à la concentration nécessaire pour l'écriture. Je manipulais mon briquet Zippo. Il y avait l'odeur de l'essence et de l'acier poli dans ma main. La cigarette que l'on allume lentement, cette première bouffée avant de la déposer dans le cendrier pour saisir le stylo… C'est surtout ça qui va être dur, qui va créer le véritable manque.

*

France Gall était trop bébête pour être une lolita. Une lolita ça doit quand même savoir allumer. Elle ne m'allumait pas du tout… J'avais l'essence mais elle n'avait pas le briquet !

*

Inceste de citron
Lemon incest
Je t'aime t'aime je t'aime plus que tout
Papapapa
L'amour que nous n'f'rons jamais ensemble
Est le plus rare le plus troublant
Le plus pur le plus enivrant

*

La petite Charlotte est moitié anglaise, moitié judéo-russe. Le mélange est absolument détonant et éton-

137

nant. Je voulais chanter en duo avec ma petite fille : j'ai testé sa voix, j'ai cherché la tessiture, je suis allé au plus haut qu'elle pouvait aller... C'est parce qu'elle force qu'elle est bien, sinon je prenais un petit garçon des Chanteurs à la Croix de Bois, il aurait été parfait, mais nul. Ce sont les turbulences et les accidents qui sont intéressants, éprouvants et émouvants. Quand elle s'est mise à chanter, je me suis mis à pleurer. Parce qu'elle me rappelait Jane, parce qu'elle s'appliquait pour son papa...

*

Régine, c'est un club privé à elle toute seule. N'y entre pas qui veut. Une nuit elle m'a filé son passe. Il y avait à boire mais pas de musique. Alors je lui ai enfoncé dans la tête quelques-uns de mes meilleurs titres.

*

Laissez parler
Les p'tits papiers
À l'occasion
Papier chiffon
Puissent-ils un soir
Papier buvard
Vous consoler
[...]
Laissez glisser
Papier glacé
Les sentiments
Papier collant

Ça impressionne
Papier carbone
Mais c'est du vent

*

Journaliste : Il paraît que Régine va remonter sur scène…
Gainsbourg : Remonter comment ? avec une grue ?

*

À quelqu'un qui dans un dîner lui avait envoyé une vacherie qui laissa les convives sans voix, Gainsbourg rompit le silence en disant : « Un ange pisse… »

*

Va t'faire voir, va faire voir ailleurs
Tes roudoudous, tout mous, tout doux,
Et ton postérieur
Il est beau vu de l'extérieur
Malheur à moi qui ai pénétré à l'intérieur
C'était bon ça évidemment
Mais tu sais comme moi que ces choses-là n'ont qu'un temps

*

En définitive, je suis resté en filigrane cet enfant timide et secret qui implique candeur, innocence, insoumission et sauvagerie.

*

J'ai un certain recul, dirons-nous. On pourrait dire
que je suis désabusé sur certains plans. Si parfois ça
cartonne pour moi, si parfois je fais mouche, ce n'est
pas par calcul. Il y a un proverbe arabe qui dit : « Le
Bédouin qui dort sur le sable ne craint pas de tomber
de son lit. »

*

La mort ouvrant sous moi ses jambes et ses bras
S'est refermée sur moi
Son corps m'arrache enfin les râles du plaisir
Et mon dernier soupir

*

Quand je me suis réveillé après l'opération, j'avais
des tubes partout, dans le nez, dans le fion, dans les
reins, dans la queue, mais en voyant tous ces fils, émer-
geant de l'anesthésie, j'ai eu un réflexe insensé : j'ai
demandé : « On est sur scène ? Soundcheck ! C'est bon ?
Où sont mes musicos ? » Je me croyais au Zénith !

*

Je suis une insulte au sport, puisque, malgré tout,
je suis en pleine forme.

*

Sur ma tombe je veux que l'on rédige cette épitaphe : « Ci-gît le renégat de l'absolu. » Dernière consigne : ne m'enterrez pas en grande pompe, mais à toute pompe !

Chez moi, je garde des balles, mais je n'aurai jamais de flingue. Je ne veux pas qu'un jour, dans une crise d'éthylisme, dans un coup de cafard…

*

Si j'hésite si souvent entre le moi et le je
Si je balance entre l'émoi et le jeu
C'est que mon propre équilibre mental en est l'enjeu
J'ignore tout des règles de ce jeu

*

Je suis déjà mythique. Je le dis sans orgueil. Seule ma mort y mettra fin. Et encore. Je passerai à la postérité pour quelques années.

*

La gloire quelque part m'a détruit. Détruit mon âme, mon conscient et mon subconscient. C'est une dualité terrible de se concentrer sur soi-même et sur son non-être, c'est-à-dire le mec et le showman… Enfin je pense que j'aurai assez de conscience pour ne pas me faire bouffer par moi-même. C'est un métier extrêmement cruel parce qu'il faut livrer son âme, les faux culs ne tiennent pas la route… Et la sincérité coûte très, très cher.

*

Je suis venu te dire que je m'en vais
Et tes larmes n'y pourront rien changer
Comme dit si bien Verlaine « Au vent mauvais »
Je suis venu te dire que je m'en vais
Tu t'souviens des jours anciens et tu pleures
Tu suffoques, tu blêmis à présent qu'a sonné l'heure
Des adieux à jamais
Oui je suis au regret
De te dire que je m'en vais
Oui, je t'aimais oui, mais…

*

L'intrépidité est le courage des cons.

*

L'avant-guerre c'est tout de suite
Les carottes sont déjà cuites
La pétoche est sur orbite
Dans l'air il y a d'la mort subite

*

Tout baigne… Dans le sang.

*

J'ai tout donc je n'ai rien. J'ai tout eu, je n'ai plus rien.

*

Je suis un des derniers grands seigneurs.

*

L'idée du bonheur m'est étrangère, je ne le conçois pas donc je ne le cherche pas.

*

J'ai tout réussi sauf ma vie alors parfois je me permets d'être con sciemment…

*

Mon plan est un plan de mec, une recherche de la vérité par injection de perversité. Je ne cherche qu'une seule chose, la pureté de mon enfance. Je suis resté intact, INTACT, voilà ma force.

*

La postérité ? Comme disait l'autre : « Qu'est-ce que la postérité a fait pour moi ? » Je fucke la postérité.

*

La postérité, c'est une larme dans l'infini.

*

Un ami : Aux garçons de café, aux chauffeurs de taxi, il laissait toujours de larges pourboires… Il était très généreux. J'avais été le voir à l'hôpital, quand on l'avait opéré. Dans le couloir, j'ai croisé le chirurgien. C'est lui qui m'a raconté ce que Serge lui a dit à son réveil. Quand il est revenu à lui, le toubib lui a expliqué qu'il avait été obligé de lui enlever un bon morceau du foie. En faisant le geste de couper, comme ça, avec l'index et le majeur. Et vous savez ce que Gainsbourg lui a répondu : « Personnel ! »

*

Me voici à poil à l'hosto
L'aiguille hypodermique me cherche les lipides
Le toubib s'alarme de mon masque livide
T'inquiète, doc, il n'est jamais trop tôt
[...]
Bullshot et shit un jour auront ma peau
Mon cerveau son propre acide
Oh comme j'aimerais noyer dans le liquide
Descendre à reculons comme Arthur Rimbaud

*

Je vais essayer de rejoindre Rimbaud, je veux l'approcher... Un jour je le retrouverai, quelque part en Abyssinie, où il faisait le trafic des armes et de l'or...

*

Journaliste : Vous êtes un désespéré ?
Gainsbourg : (éclat de rire) Je suis lucide. On ne peut pas être très heureux quand on est extrêmement lucide.

*

En vieillissant, je crois que je vire au polythéisme. C'est-à-dire que je mets toujours les dieux au pluriel, de peur qu'il y en ait un qui le prenne mal.

Dépression au-dessus du jardin
J'ai l'impression que c'est la fin
Je te sens soudain
Tellement lointain…

*

Journaliste: Vous voyez beaucoup Françoise Hardy
et Jacques Dutronc ?
Gainsbourg: Les deux filles aiment leurs gosses et
les deux mecs aiment la bouteille : ça crée des liens !

*

Thierry Ardisson: Jane paye souvent le restaurant ?
Gainsbourg: Ça lui arrive ! Ha ha ha ! Non seulement Jane est belle, mais elle pourrait être ma fille et
elle a du blé : ça fait chier les mecs !

*

J'ai essayé de dire «je t'aime», j'ai craché un mauvais dialogue du genre : «Ah chérie, je t'aime…»
Mais c'est pas mon rôle, c'est un rôle de composition.

*

Journaliste: Qu'est-ce que pour vous le sens cri-
tique ?
Gainsbourg: Un chirurgien esthétique qui me tire les
oreilles.

*

Georges Lautner: Alors, qu'est-ce que tu cherches ? […] Tu étais peintre, tu ne l'es plus […] Ça veut dire quoi ?

Gainsbourg: Ça veut dire que j'étais un homme intègre, tant que je pratiquais la peinture et quand je me suis fourvoyé dans la chanson, je suis devenu un opportuniste. Parce que c'est tout ce que méritait la chanson.

Georges Lautner: Il y a un paradoxe parce qu'en même temps, tu racoles.

Gainsbourg: Très juste.

Georges Lautner: Alors tu cherches quoi comme ça ? Tu m'as dit l'autre jour : « Je suis une putain et je le sais. »

Gainsbourg: Brel m'a dit : « Moi je me trompe et toi tu triches. »

*

L'indélébile est auxiliaire mais hélas imparable. Par contre, indispensable est l'oubli. On y retrouve tous les flagrants mensonges du rêve et les vertiges du mirifique. C'est le goudron des cantonniers, lave fumeuse et satanique dans laquelle j'aimais m'enliser en surface et emprunter mes pas adolescents avec cet espoir innocent d'y laisser quelque trace de mon éphémère trajectoire.

*

Thierry Ardisson: Tu prends une douche ou un bain tous les combien ?

148

Gainsbourg: Je n'ai pas de douche et je n'aime pas le bain.

Thierry Ardisson: Tous les combien ?

Gainsbourg: Un bain tous les trois mois. La baignoire c'est pour Jane et les enfants.

Thierry Ardisson: Tu te laves dans un lavabo, alors ?

Gainsbourg: Les pieds dans le bidet, le cul dans le bidet et je pisse dans les lavabos !

Jean-Luc Maître: C'est pour ton image que tu te donnes tant de mal à faire le malsain ?

Gainsbourg: Mais c'est pas malsain ! Je suis propre, putain ! Je suis propre !

*

Je hais, je hais les disciplines autant que les recteurs, les censeurs ou les mâles baisés.

*

Ambition néant, j'ai déjà donné. Éjaculation précoce.

*

Comment voulez-vous que je traduise « Rock around the bunker » ? « Dansons autour de la casemate » ? Ça ne swingue pas des masses !

*

Les cigarettes, Humphrey Bogart disait que c'était des « coffin's nails », je traduis, des clous de cercueil. Il en est mort, moi je continue. J'en crèverai certai-

149

nement, peu importe, je n'ai pas peur de rejoindre ni mon père, ni ma mère, ni mon chien.

*

Il faut que je diminue les clopes mais si j'arrête en même temps l'alcool et les cigarettes, je vais direct à la dépression nerveuse.

*

Je bois
À trop forte dose
Je vois
Des éléphants roses
Des araignées sur le plastron
D'mon smoking
Des chauves-souris au plafond
Du living-
Room

*

Hemingway disait : « L'alcool conserve les fruits et la fumée les viandes. »

*

Si j'avais à choisir entre une dernière femme et une dernière cigarette, je choisirais la cigarette : on la jette plus facilement !

*

150

À propos de son addiction au tabac :
Ce n'est pas un drame c'est une asphyxie.

*

L'an dernier, je me suis retrouvé face à Simone Veil, dans un compartiment fumeurs. Comme un petit garçon, j'ai été fumer dans le couloir.

*

La fumée vient de la cigarette, comme l'orgasme vient de la femme. Voilà, on tire les filtres et les cigarettes. J'aime pas les femmes filtres. Je pense que je préfère la cigarette à la femme, c'est elle qui brûle le plus. Faut brûler ce qu'on a adoré, hein ? Je brûle ce que j'ai adoré.

*

Tu sais... Les seins plein phares à son âge, ils vont pas tarder à passer en codes... Je lui donne deux ans.

*

Du petit roturier que j'étais, j'ai gagné quelques télégrammes de noblesse.

*

Nos adieux seront partagés.

*

Discographie

1958 : *Du chant à la une !*
1959 : *Serge Gainsbourg N° 2*
1961 : *L'Étonnant Serge Gainsbourg*
1962 : *Serge Gainsbourg N° 4*
1963 : *Gainsbourg Confidentiel*
1964 : *Gainsbourg Percussions*
1967 : *Anna*
1967 : *Gainsbourg & Brigitte Bardot : Bonnie & Clyde*
1968 : *Gainsbourg & Brigitte Bardot : Initials B.B.*
1969 : *Jane Birkin & Serge Gainsbourg : Année érotique*
1971 : *Histoire de Melody Nelson*
1973 : *Vu de l'extérieur*
1975 : *Rock around the bunker*
1976 : *L'Homme à tête de chou*
1979 : *Aux armes et cætera* (Reprise de *La Marseillaise* en version reggae)
1980 : *Enregistrement public au théâtre Le Palace*
1981 : *Mauvaises nouvelles des étoiles*
1984 : *Love on the beat*
1985 : *Serge Gainsbourg live (Casino de Paris)*
1987 : *You're under arrest*
1988 : *Le Zénith de Gainsbourg*

Filmographie

Metteur en scène

1976 : *Je t'aime… moi non plus*
1983 : *Équateur*
1986 : *Charlotte for Ever*
1990 : *Stan the Flasher*

Acteur

1959 : *Voulez-vous danser avec moi?* de Michel Bois-rond
1961 : *La Révolte des esclaves* de Nunzio Malasomma
1962 : *Hercule se déchaîne* de Gianfranco Parolini
1962 : *Samson contre Hercule* de Gianfranco Parolini
1963 : *Strip-Tease* de Jacques Poitrenaud
1963 : *L'Inconnue de Hong Kong* de Jacques Poitre-naud
1966 : *Le Jardinier d'Argenteuil* de Jean-Paul Le Chanois
1967 : *Toutes folles de lui* de Norbert Carbonnaux

1967 : *Estouffade à la Caraïbe* de Jacques Besnard

1967 : *Anna* de Pierre Koralnik

1968 : *L'Inconnu de Shandigor* de Jean-Louis Roy

1968 : *Vivre la nuit* de Marcel Camus

1968 : *Le Pacha* de Georges Lautner

1968 : *Ce sacré grand-père* de Jacques Poitrenaud

1969 : *Erotissimo* de Gérard Pirès

1969 : *Slogan* de Pierre Grimblat

1969 : *Les Chemins de Katmandou* d'André Cayatte

1969 : *Mister Freedom* de William Klein

1969 : *Paris n'existe pas* de Robert Benayoun

1970 : *Cannabis* de Pierre Koralnik

1971 : *Le Roman d'un voleur de chevaux* d'Abraham Polonsky

1971 : *Le Traître* de Milutin Kosovac

1972 : *Trop jolies pour être honnêtes* de Richard Balducci

1972 : *La Dernière Violette* d'André Hardellet

1974 : *Les Diablesses* d'Anthony M. Dawson

1975 : *Sérieux comme le plaisir* de Robert Benayoun

1980 : *Je vous aime* de Claude Berri

Composition réalisée par Chesteroc Ltd

———————————

Achevé d'imprimer en janvier 2010, en France sur Presse Offset par
Maury-Imprimeur - 45330 Malesherbes
N° d'imprimeur : 152284
Dépôt legal 1er publication : mars 2007
Édition 04 - janvier 2010
LIBRAIRIE GÉNÉRALE FRANÇAISE - 31, rue de Fleurus -75278 Paris Cedex 06